ESTE DIARIO PERTENECE A:

Nikki J. Maxwell

PRIVADO Y CONFIDENCIAL

SE RECOMPENSARÁ
su devolución en caso de extravío

(¡¡PROHIBIDO CURIOSEAR!! ☹)

Penguin
Random House
Grupo Editorial

Título original: *Dork Diaries 4: Tales from a NOT SO Graceful Ice Princess*

Primera edición en PRHGE Infantil, S. A. U. (anteriormente RBA Libros, S.A.): octubre, 2012
Primera impresión en Penguin Random House Grupo Editorial USA: marzo de 2022

Publicado por acuerdo con Alladin, un sello de Simon & Schuster Children's Publishing Division,
1230 Avenue of the Americas, Nueva York NY (USA)

© 2012, Rachel Renée Russell, por el texto y las ilustraciones
DORK DIARIES es una marca registrada de Rachel Renée Russell

© 2021, de esta edición: PRHGE Infantil, S. A. U. (anteriormente RBA Libros, S.A.)
PRHGE Infantil, S. A. U. es una empresa del grupo Penguin Random House Grupo Editorial, S. A. U.
Travessera de Gràcia, 47-49, 08021, Barcelona

© 2022, Penguin Random House Grupo Editorial USA, LLC.
8950 SW 74th Court, Suite 2010
Miami, FL 33156

penguinlibros.com

© 2012, Bonalletra Alcompas, por la traducción

ISBN: 978-1-64473-525-1

Impreso en México – *Printed in Mexico*

22 23 24 25   10 9 8 7 6 5 4 3 2 1

Rachel Renée Russell

diario de una
DORK 4

UNA
PRINCESA
DEL HIELO MUY
POCO AGRACIADA

MOLINO

A mi hija Erin,
la boba original y un poco insegura
que se ha convertido en una boba inteligente,
valiente y bella.

¡BUF!

¡Nunca jamás me había visto EN UN APRIETO como este!

Y esta vez no FUE culpa de mi enemiga adicta al brillo de labios, la ricachona MacKenzie Hollister.

Todavía no puedo comprender por qué mi propia hermana, Brianna, me humilló así.

Todo comenzó esta tarde, cuando me di cuenta de que mi cabello estaba tan grasoso como una orden grande de papas fritas. Necesitaba urgentemente un baño o un cambio de aceite lubricante para el cabello. No exagero.

No llevaba ni un minuto en la regadera cuando ALGUIEN comenzó a golpear la puerta del baño como un maniaco. Como pude, cerré el grifo y pregunté: "¿Qué diablos...?".

"¿Cuánto tiempo vas a DEMORARTE en el baño?", reclamó Brianna, "NIKKI...".

¡POM! ¡POM! ¡POM!

"Brianna, ¡deja de golpear la puerta! ¡Estoy bañándome!".

"Es que me parece que mi muñeca está dentro. La dejé junto a la Señorita Penélope. Estaban celebrando una superfiesta".

"¿QUÉ? Disculpa, Brianna, no tengo ningún INTERÉS en saber cómo haces pipí."

"¡No! ¡Lo que dije fue SuperFIESTA! Necesito entrar y recoger mi muñeca para...".

"Abrir en este momento NO PUEDO. ¡LÁRGATE!".

"Pero, Nikki, necesito entrar en el baño. DE VERDAD...".

"Ve al de abajo".

"Pero ¡mi muñeca no está allá!".

"Lo siento. Ahora no puedes tomar tu muñeca. Cuando acabe de bañarme, podrás".

Por desgracia, un minuto después...

¡NIKKI, ABRE LA PUERTA! TE LLAMAN POR TELÉFONO. ¡NIKKI!

"Tienes que abrir la puerta si quieres hablar por teléfono".

¡POM! ¡POM! ¡POM!

Quizás Brianna crea que soy imbécil, pero no le servirá el típico truco de abre-la-puerta-del-baño-porque-tienes-una-llamada-importante.

"Sí, claro, Brianna. Dile a quien sea que no tengo ganas de hablar ahora".

"Mmm, hola. Dice Nikki que ahora no quiere hablar... No lo sé. Espera un momento".

"Nikki, dice la persona que llama que cuándo puede volver a llamar".

¡POM! ¡POM! ¡POM!

"Nikki, dice la persona que llama que...".

"¡NUNCA! ¡Dile que no vuelva a llamar NUNCA! Por mí, que se PUDRA. ¡Lo único que quiero hacer es

DARME UN BAÑO! Así que, por favor, Brianna, ¿puedes DEJARME TRANQUILA?".

"Mmm, hola. Nikki dice que no vuelvas a llamar nunca. Y que te pudras, también. Ajá. ¿Y sabes por qué...?".

Fue entonces cuando pensé que a lo mejor era verdad que alguien me HABÍA LLAMADO. Pero ¿quién? Nunca me llama nadie.

"¡Porque tienes piojos! Por eso".

Brianna se reía como un payaso loco asesino.

Estaba un poco preocupada porque el día anterior Brianna había usado esas mismas palabras. Pero ¡era imposible que la persona a quien se lo dijo ME HUBIERA LLAMADO!

De pronto, sentí ese dolor de panza que provoca el pánico y grité con todas mis fuerzas: ¡NOOOO!

Agarré como pude una toalla y salí de la regadera de un salto chorreando agua y sudando a mares.

"Muy bien, Brianna. DAME. EL. TELÉFONO. AHORA", le exigí en voz baja.

Pero solo me sacó la lengua y siguió hablando tranquilamente como si se hubiera reencontrado con un viejo amigo del kínder.

Nikki siempre deja el baño hecho un asco. Mamá siempre la está regañando por ser tan desordenada. Cuando se despierta por la mañana, da miedo. Pero es solo porque tiene el cabello enredado y lagañas en los ojos.

No podía creer que Brianna estuviera contando esas cosas sobre mí. ¿Cómo se atrevía? "Brianna, cuelga el teléfono o...".

"Pídelo 'super-por-favor, dulce criatura'".

"Está bien, dame ese teléfono super-por-favor, dulce criatura".

"No, muy mal. Suena agresivo". Entonces ese monstruo diabólico me sacó la lengua (DE NUEVO) y siguió parloteando por teléfono.

"Mi amiga la Señorita Penélope agarró el nuevo perfume de Nikki. Le encanta, aunque no tenga muy buen olfato. Lo hemos usado para mejorar el olor de algunas cosas: mis pies, el bote de la basura del garage y la ardilla muerta que hay en el jardín de la señora Wallabanger".

Secuestrar una llamada de teléfono era grave. Pero ¡además estaba fumigándolo todo con mi perfume! ¡Quería ESTRANGULARLA!

"¡Dame ese teléfono, MOCOSA!".

Pero solo dijo "Gu-gu" y se fue corriendo.

Perseguir a Brianna era MUY peligroso.

¡Buf! Resbalé y casi termino rodando escaleras abajo hasta la cocina. Eso me habría causado quemaduras de primer grado. Seguro. Nada más de pensarlo me duele...

Finalmente acorralé a Brianna, y estaba a punto de agarrarla cuando dejó caer el teléfono y huyó corriendo y gritando: "¡SOCORRO! ¡SOCORRO! Al muñeco de barro del baño le salieron brazos y piernas y me persigue para transformarme en LODO. ¡Llamen a emergencias!".

Agarré el teléfono como si no pasara nada, como si yo no estuviera ahí...

1. Envuelta en una toalla.

2. Chorreando agua. Y...

3. Sudando tanto que con mi sudor se podría apagar un gran incendio.

Tragué saliva y respondí con mi voz más simpática y divertida...

"¡Mmm... HOLAAAA!".

"¿Nikki? Hola. Soy Brandon".

No podía creer lo que acababa de oír. ¡Mi amor me llamaba por primera vez! Pensé que iba a desmayarme ahí mismo.

"¡Hola, Brandon! Lo siento. Era mi hermana pequeña. Tiene muchísima imaginación. Ya lo oíste".

"No pasa nada. Yo..., bueno, solo llamaba porque estoy invitando a algunos amigos a mi fiesta de cumpleaños. Será en enero. Me gustaría que Chloe, Zoey y tú vinieran".

Fue entonces cuando me desmayé. Bueno, CASI me desmayé.

"Mmm... Bueno, mmm... ¿Puedes esperar un minuto? Tengo que hacer una cosa".

"Sí, claro. ¿Quieres que llame más tarde?".

"No. Será solo un minuto".

Tapé el teléfono con una mano y a continuación

sufrí un enorme ataque de SMR, también conocido como

SÍNDROME DE LA MONTAÑA RUSA

¡Bueno! A lo mejor me excedí un poco.

Brandon no estaba invitándome a salir ni nada por el estilo. ¡Ojalá!

De todos modos, tras colgar el teléfono me pellizqué bien fuerte para asegurarme de que no estaba soñando. ¡AY! Sí, estaba despierta. Y por lo tanto, ¡CHLOE, ZOEY Y YO ESTAMOS INVITADAS A LA FIESTA DE BRANDON ☺!

¡Voy a explotar de alegría! ¡No puedo creerlo!

Especialmente si consideramos que soy una de las mayores bobas de mi escuela y que casi NUNCA me invitan a fiestas.

¡OH! ¡DE REPENTE PENSÉ ALGO HORRIBLE!

Después de hablar con Brianna, ¡Brandon a lo mejor cree que tengo...

EL PELO ENREDADO...

LAGAÑAS...

UN ASPECTO ESPANTOSO!

¿Por qué razón querría INVITARME?

No puedo asistir a la fiesta. DE NINGUNA MANERA.

Voy a llamar a Brandon para decírselo.

¡Uy! Lo había olvidado por completo. AÚN tengo que acabar de bañarme. Lo llamaré más tarde.

Y después me enterraré en un profundo agujero y me MORIRÉ DE VERGÜENZA.

¡☹!

Me horroriza la idea de ver a Brandon hoy en la escuela.

¡Y pensar que hace solo dos días ensayábamos juntos nuestra rutina para el concurso de talentos con nuestro grupo, Los Boborreicos (también conocido como De Hecho, Aún No Estamos Seguros)!

Incluso me enseñó algunos trucos con la batería. Fue como si empezáramos a hacernos BUENOS AMIGOS.

Entonces llegó Brianna y lo arruinó.

Me asombraba que Brandon quisiera invitarme a su fiesta después de aquello. Seguro que solo lo hacía porque le daba lástima.

Quería hablar con Chloe y Zoey para explicarles lo que había pasado, pero no pude. Sobre todo porque la clase se centró exclusivamente en la maravillosa CAMISETA que luciremos en el próximo Festival sobre Hielo.

Pero, después de que mi profesora de educación física casi hiciera explotar mis tímpanos, todo lo que deseaba era que accidentalmente se tragara aquel estúpido silbato.

Entonces nos lo anunció...

"Muy bien. Escúchenme. La próxima semana empezaremos los ensayos con los grupos de patinaje. Cada alumno, en función de su habilidad sobre el hielo, se inscribirá en el nivel que le corresponda. Sin embargo, como parte de nuestro tradicional festival de Westchester y con el objetivo de prestar un servicio a la comunidad, todos los estudiantes de su grado participarán en el espectáculo para recaudar fondos que se celebrará el próximo 31 de diciembre. Los ensayos tendrán lugar en horario de clases, y todos irán directamente al grupo de máximo nivel. ¡Lo oyeron bien, chicos y chicas! Así soy de generosa. Será mi aportación a esta gran causa. Tan solo tienen que decirme si van a participar en las pruebas de aptitudes o si se apuntan al espectáculo. Ahora, levántense y vengan a buscar su camiseta del Festival sobre Hielo, y a continuación comiencen con sus ejercicios de calentamiento".

Aquella especie de camiseta NO me quedaba nada bien.

Cuando llegué a la mesa, solo quedaba la talla XXXXXXL. MacKenzie, por supuesto, parecía preparada para ser la nueva portada de una revista de moda.

MACKENZIE ESTUPENDA Y A LA ÚLTIMA
MODA CON SU NUEVA CAMISETA.

YO COMO UNA MASA FEA Y AMORFA.

Estaba tan... TRISTE ¡☹!

MacKenzie me miró y, sin venir a cuento, me ofreció sus consejos de moda. "Nikki, ¿te gustaría que te explicara cómo puedes hacer que tu camiseta quede elegante y a la vez sea práctica?"

"No, MacKenzie, no me gustaría".

"Solo tienes que añadir un metro de encaje blanco alrededor del borde de la falda, un velo, un ramo de flores y... ¡ya tienes un vestido DE NOVIA! Solo te faltará PAGAR a algún BICHO RARO bien feo para que se case contigo".

No podía creer que estuviera soltándome eso en la cara.

"Gracias, MacKenzie", dije con una sonrisa dulce. "Pero ¿dónde voy a encontrar a un bicho raro bien feo? Ah, espera. A lo mejor tienes un HERMANO gemelo...".

Solo a MacKenzie podía ocurrírsele la estúpida idea de convertir una camiseta de una talla cinco veces mayor de lo necesario en un vestido de novia. Le pasa porque su coeficiente intelectual es menor que el de mi esmalte de uñas.

LA ESTÚPIDA IDEA DE MACKENZIE PARA CREAR UN VESTIDO DE NOVIA-CAMISETA DE DISEÑADOR.

Llamar a MacKenzie "miserable" sería quedarse corta.
Ella es un MONSTRUO con manicura y extensiones rubias.

Pero no estoy celosa de ella ni nada por el estilo. ¿De qué serviría?

Además, estoy emocionada por eso de la clase de patinaje. La última vez que patiné creo que iba en tercero y fue... muy divertido.

Chloe me dijo que patinaremos en la pista del Instituto WCD.

Por lo que dicen, el Festival sobre Hielo es muy importante, y solo los alumnos de los cursos superiores pueden participar en él. La idea es conseguir dinero para la causa que elijas. Ofrecen hasta 3000 dólares para todos los que participen en cualquiera de las tres categorías: individual, parejas o grupo.

Estábamos preparados para comenzar nuestros ejercicios cuando Chloe puso su mirada de loca y empezó a mover las manos como una histérica.

"Escúchenme. ¿Saben qué estoy pensando?".

Pero yo ya lo sabía. Últimamente no para de hablar de ese libro, *La Princesa de Hielo*.

Habla de una chica y un chico que han sido buenos amigos desde pequeños.

Él es miembro de la selección olímpica de hockey.

Cuando están a punto de enamorarse, descubren
que la pista de hielo es el escondite secreto de los
Vambies Gélidos, unos personajes medio zombis, medio
vampiros, que desarrollan poderes sobrenaturales
cuando están en la pista de hielo. Poderes que
aumentan cuando comen hamburguesas con queso y
doble ración de tocino.

"¿Por qué no podemos ser Princesas de Hielo? Como
Crystal Coldstone." En ese momento, Chloe tenía
una mirada soñadora.

Personalmente, se me ocurrían dos buenas razones
por las que no podíamos ser como Crystal.

Para empezar, no llevábamos doce años patinando de
forma profesional. Por otra parte, iba a ser muy
complicado combatir Vampiros Patinadores por las
noches y acabar nuestras tareas a tiempo.

Zoey tenía esa mirada perdida tan suya.

"¡Qué romántico! Y los jugadores de hockey son tan atractivos... Además, será más divertido inventarnos una rutina de patinaje genial que hacer aburridos ejercicios. Será genial. ¿Qué opinas, Nikki?".

"No sé. Patinar por una causa es una gran responsabilidad. Van a depender de nosotros para recaudar el dinero. ¿Y si algo sale mal?".

"Vamos, Nikki", protestó Chloe. "No somos lo suficientemente buenas para patinar solas, y las parejas son de chico y chica. Pero las tres podemos formar un grupo. No podemos hacerlo sin ti".

"Lo siento, pero tendrán que encontrar otra compañera", contesté.

"Pero queremos que seas TÚ", suplicó Zoey.

"Sí, y no olvides que cuando necesitaste amigas para participar en el concurso de talentos, nosotras te apoyamos", argumentó Chloe. "Las BFF ('Best Friends Forever') se ayudan siempre".

Bueno. Tengo que admitir que Chloe se anotó un tanto recordando lo del concurso de talentos. Pero tampoco les prometí mi primer hijo como agradecimiento a su actuación.

Entonces Chloe y Zoey iniciaron una táctica sofisticada que siempre, siempre, funciona conmigo...

POR FAVOR, POR FAVOR, POR FAVOR, POR FAVOR, POR FAVOR, POR FAVOR, POR FAVOR, POR FAVOR

¡SUPLICAR!

"De acuerdo, chicas. Cuenten conmigo. Pero luego no digan que no se los advertí", observé.

Sellamos el acuerdo con el abrazo del grupo.

"¡Bien! Ahora solo nos queda escoger la organización para la que ganaremos el dinero", dijo Zoey.

"Desgraciadamente, eso va a ser lo más difícil", añadió Chloe. "Los participantes llevan semanas eligiendo sus causas. Así que no deben de quedar muchas. Pero seguro que encontramos alguna", añadió animosa.

"¡Bien!", gritó Zoey. "Esto va a ser como el tiempo que pasamos en el Ballet de Zombis. Solo que conseguiremos un 10 en lugar de reprobar".

De hecho, eso es lo que más me gusta. Estaría bien conseguir un sobresaliente en educación física, para variar.

Por suerte, el patinaje sobre hielo no implica vergonzosas manchas de sudor en las axilas, ni calambres en el estómago, ni dolorosos balonazos en la cabeza, a diferencia de la mayoría de las cosas que tenemos que hacer en la clase de educación física.

Y todo nuestro esfuerzo servirá para una buena causa social.

Pero, lo más importante, podré hacer que Chloe y Zoey se sientan superfelices y cumplan sus sueños.

Decidimos patinar la danza del Hada de Azúcar, de *El Cascanueces*. Y nos imaginábamos como princesas glamorosas y bellísimas.

No voy a ponerme pesada con todo este asunto del Festival sobre Hielo.

Mientras tenga a mis dos BFF, todo va a ir bien.

Porque ¿qué puede ir mal sobre una pista de hielo?

¡¡☺!!

Hoy, en la clase de ciencias sociales, estuvimos hablando de las carreras profesionales.

Como yo ya decidí que iré a la universidad para convertirme en una ilustradora profesional, he resuelto no prestar atención y aprovechar la hora para escribir en mi diario.

Pensé que era lo mejor que podía hacer, ya que los profesores siempre insisten en que aprovechemos al máximo el tiempo en la escuela.

La mayoría de los chicos no han pensado demasiado en su futuro. Pero mi amigo Theodore Swagmire III estaba obsesionado con ello.

No sirvió de nada que todos protestaran cuando empezó a hablar del tema. Me dio lástima. Es uno de los chicos más bobos del salón.

Así que decidí mostrarle mi amistad y fidelidad a Theo y después de clase le pregunté por sus ideas para el futuro.

La BUENA noticia es que Theo estaba muy feliz de poder hablar de ello. ¡¡☺!!

La MALA noticia es que ha decidido empezar a ahorrar sus mesadas para poder comprarse una varita mágica. ¡☹!

Cuando se acabó la clase, Theo me preguntó si iría a la fiesta de Brandon en enero. No quería mentirle, así que debí haber respondido que no.

Pero, en lugar de eso, me inventé una excusa.
Y no una cualquiera. Me inventé un pretexto absolutamente absurdo, increíble y estúpido.

"Había pensado ir, pero me acabo de dar cuenta... de que... tengo que llevar a mi unicornio... al veterinario... Creo que está enfermo".

Theo pareció confuso y negó con la cabeza. "¿Tienes un unicornio?".

Tenía ganas de decir: "Señor mago, seguramente conseguí mi unicornio en el mismo sitio donde tú comprarás tu varita mágica". Pero no lo hice.

Más tarde, en la clase de biología, el día acabó de convertirse en un DESASTRE.

Brandon y yo nos saludamos, pero eso fue todo. Se pasó toda la hora mirándome perplejo.

Seguramente me imaginaba como una especie de monstruo desgreñado y con lagañas.

← YO

MacKenzie se aprovechó de la situación y no se calló.

Casi VOMITO sobre mi informe de laboratorio cuando le preguntó a Brandon si su brillo de labios color frambuesa y sabor dulce combinaba bien con su piel bronceada.

No podía creer que tuviera el descaro de preguntarle semejante tontería.

Sobre todo porque TODOS conocíamos el origen del bronceado de Mackenzie: un salón de belleza de los de PAGA-Y-TE-DAMOS-COLOR.

El bronceado color naranja que le aplicaron es desagradable. Para mí parece una Barbie quemada por el sol de Malibú y bañada en polvo de Cheetos.

Entonces MacKenzie se puso cantarina y dijo: "Por cierto, Brandon, oí que vas a hacer una fiesta".

Tenía ganas de soltarle: "Sí, MacKenzie, y solo vas a oír hablar de ella porque nadie va a invitarte".

Pero solo lo dije mentalmente, así que nadie más en el salón de clases pudo oírlo.

Lo que vino a continuación me dejó conmocionada.

Intentaba HIPNOTIZAR a Brandon para que la invitara a su fiesta. Coqueteaba sin parar y RIZABA, Y RIZABA, Y RIZABA un mechón de pelo alrededor del dedo.

Solo de verla sentía ganas de vomitar.

Gracias al cielo, nuestro profesor la interrumpió. "MacKenzie, si tienes tiempo de chismorrear en clase, por favor, ve a la parte de atrás y limpia las jaulas de los hámsters. Si no, ¡SIÉNTATE!"

MacKenzie volvió CORRIENDO a su pupitre.

¡Ja, ja! Fue muy divertido. Se lo merecía.

Pero ahora me mira con odio. Como si hubiera estado a punto de limpiar las jaulas por mi culpa.

De todas maneras, estoy convencida de que Brandon solo me invitó por lástima. Seguramente no quería herir mis sentimientos.

He pensado decirle que no puedo ir a su fiesta porque tengo otra actividad prevista para esa misma fecha.

¿QUÉ actividad puede ser?

¡Estar sentada en mi cama, en pijama, MIRANDO la pared y SOLLOZANDO! ||☹!!

MIÉRCOLES, 4 DE DICIEMBRE

Esta mañana me sentía algo triste.

Incluso Zoey y Chloe lo notaron y me preguntaron si estaba bien. Pero decidí NO explicarles nada de la bochornosa conversación telefónica con Brandon. Especialmente después de que insistieran tanto en la ILUSIÓN que les hacía su fiesta.

Cuando iba hacia el comedor, decidí detenerme en mi casillero y dejar mis libros.

Me quedé petrificada cuando, al abrir el casillero, cayó una NOTA.

Primero pensé que era de Zoey y Chloe, que intentaban animarme con alguna tontería.

Pero entonces la leí. TRES VECES.

Bueno. Pensé que iba a caerme redonda ahí mismo, frente a mi casillero.

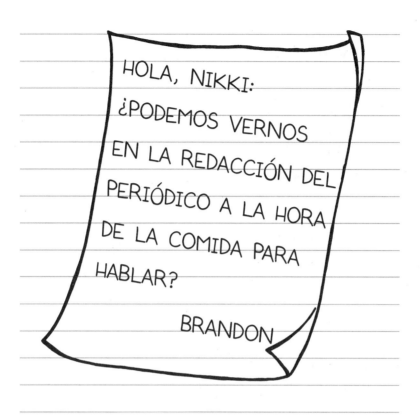

HOLA, NIKKI:

¿PODEMOS VERNOS EN LA REDACCIÓN DEL PERIÓDICO A LA HORA DE LA COMIDA PARA HABLAR?

BRANDON

No tenía ni la menor idea de lo que querría decirme.

Mi corazón me golpeaba el pecho mientras me dirigía a la redacción del periódico. Reconocí inmediatamente su pelo suave. Estaba sentado frente a la computadora.

"Nikki." Brandon sonrió y me indicó con un gesto que me acercara.

Como una idiota, miré alrededor para asegurarme de que me hablaba a mí y no a otra... Nikki.

HOLA, BRANDON.
¿QUERÍAS DECIRME
ALGO?

"Sí, claro." Y en ese momento advertí que Brandon también estaba algo nervioso.

"Bueno. AQUÍ ESTOY." Este comentario salió más simpático y alto de lo que pretendía.

"Muy bien, verás, ayer hablé con Theo y me dijo que no podías venir a mi fiesta."

GULP.

Brandon había hablado con... ¿Theo?

¡OH, RAYOS!

Me quedé sonriendo como una estúpida, mientras Brandon seguía hablando: "Me dijo algo así como que tenías que llevar al veterinario... a..., mmm..., un unicornio enfermo".

¡Genial! AHORA Brandon creerá que soy un monstruo desgreñado, con lagañas, esquizofrénico e hipocondriaco.

"¿En serio te dijo eso?" Forcé una mirada de lo más inocente y reí nerviosamente. "Eso tiene mucha gracia. Desde luego, Theo tiene una gran imaginación. Como mi hermana pequeña. Brianna es una niña lindísima y encantadora, pero no puedes creer ni una palabra de lo que dice. Especialmente si habla de... MÍ".

"Sí, dímelo a mí", rio Brandon. "Me encantaría ganar un dólar cada vez que Brianna me dice que tengo piojos." De pronto me miró tan fijamente que me hizo temblar. "Nikki, supongo que no piensas que creí una sola palabra de lo que dijo Brianna sobre ti, ¿no es cierto?".

"No, claro que no. Sería muy inmaduro por mi parte", respondí nerviosa. "La verdad es que Chloe, Zoey y yo estamos deseando ir a tu fiesta".

Brandon dio un gran suspiro de alivio. "Fantástico. Estaba un poco preocupado".

"Y ¿en qué estás trabajando ahora?", pregunté para cambiar de tema.

Me incliné y miré la pantalla de su computadora.

Vi algunas imágenes de mascotas preciosas, perros y gatos.

"Uy, son preciosos", opiné.

"Estos dos son de la Asociación Fuzzy Friends para la Adopción de Animales. Estas fotografías se publicarán en *El Periódico de Westchester* de la próxima semana."

"Guau. Impresionantes. ¿Te paga la asociación por tomar esas fotos?".

"No. Colaboro como voluntario, o algo así. Me gustaría llegar a ser veterinario, porque disfruto trabajando con animales. Incluso fotografiándolos".

"Es genial que encuentres tiempo para ayudar a los demás. Y parece divertido".

"Lo es. ¿Por qué no me acompañas el viernes? Podrías ayudarme".

"Sí, me encantaría".

Brandon se frotó los ojos, como con sorpresa, y
después me sonrió.

De pronto me sentí muy nerviosa, mareada y... con
ganas de vomitar (náuseas).

En ese momento él me miró fijamente y yo le devolví
la mirada.
Los dos sonreímos y nos sonrojamos.

Estas miradas, sonrisas y timideces parecieron
durar... UNA ETERNIDAD.

Brandon y yo pasamos el resto de la hora de la comida
juntos, charlando sobre la Asociación Fuzzy Friends.

Me explicó que la dirigía una pareja que estaba a
punto de jubilarse y que antes habían tenido una
tienda de mascotas.

Después sacó unas fotografías de su carpeta y me mostró
algunos de los animales que ya habían sido adoptados.

Así que Brandon no solo es un gran fotógrafo; además tiene un gran corazón.

¿Y sabes qué? ¡Me acompañó a mi casillero para recoger mis libros y llegamos juntos a la clase de biología!

¡SÍÍÍÍÍÍÍÍ!

MacKenzie se pasó toda la hora mirándome y chismorreando con Jessica, pero yo no les hacía caso.

Bueno, admito que estaba equivocada sobre las razones por las que Brandon me invitaba a su fiesta.

De hecho, estoy deseando que llegue esa fiesta.

Y el viernes vamos a tener una CITA como voluntarios en Fuzzy Friends.

¡Que la envidia te fulmine, MacKenzie! ¡¡☺!!

Chloe y Zoey han estado muy ocupadas llamando por teléfono para encontrar alguna organización a la que podamos ceder nuestro supuesto premio en el Festival sobre Hielo.

Chloe llamó a nueve entidades y Zoey, a siete. Pero no hubo suerte.

El plazo de inscripción se acaba esta semana, y NI SIQUIERA tenemos una causa.
Pero aún hay MÁS malas noticias.

Hoy averigüé que MacKenzie decidió participar en el Festival sobre Hielo. ¡¡☹!!

¿Por qué no me sorprendió?

Probablemente porque es una princesa con un corazón gélido DE VERDAD. Bueno, a lo mejor este comentario cruel NO ES del todo cierto.

Su corazón no es gélido... porque NO TIENE.

MACKENZIE ES UNA PRINCESA SIN CORAZÓN.

Mientras estaba en mi casillero, oí a MacKenzie
explicar a las GPS (Guapas, Populares y Simpáticas)

que va a clases de patinaje desde que tenía siete años y que piensa patinar con la música de *El Lago de los Cisnes*.

Y ahora viene lo más increíble. Dijo que tenía cinco organizaciones suplicándole que concursara por ellas.

¿Lo pueden creer? Y nosotras con PROBLEMAS para encontrar tan solo una.

Aunque, ahora que lo pienso, estoy segura de que decía todo eso solo para impresionar.

MacKenzie es una mentirosa patológica. Y una GRAN ACTRIZ.

Sé que todo esto es por una buena causa. Pero empieza a FASTIDIARME todo aquello relacionado con el Festival sobre Hielo.

¡☹!

Hoy las clases se me hicieron eternas. Se alargaban y alargaban. Al final, cuando sonó la campana, corrí hacia mi casillero y Brandon ya estaba ahí, esperándome.

"¿Lista?", me preguntó con una sonrisa.

"Claro. Pero ¡espera! Tengo un regalo de mi hermana Brianna para ti", le dije mientras buscaba en mi mochila.

Brandon puso cara de miedo. "¿De Brianna? No sé si aceptarlo", bromeó. "Dice que tengo piojos. Creo que no le caigo muy bien".

"Bueno, en realidad... no le caes bien", bromeé. "Pero quiere darte esto".

Le entregué a Brandon un metro de listón rojo y pareció confundido. Al final se lo puso en la cabeza y se anudó un gran moño.

"Vaya, justo mi estilo", bromeó. "Dile a Brianna que me lo pondré todos los días".

BRANDON SEDUCIÉNDOME CON SU GRAN SENTIDO DEL HUMOR.

Me reí con ganas. "No es para ti, tonto. Es para los animales. Brianna pensó que si les atamos listones alrededor de sus cuellos realmente parecerían regalos. Y como a todos nos gustan los regalos, les sería más fácil encontrar un nuevo hogar".

"Vaya, la pequeña es lista. ¿Por qué no se nos ocurrió antes?".

Recorrí las cuatro calles hasta el edificio de Fuzzy Friends hecha un manojo de nervios. Pero Brandon me hizo reír muchísimo.

Habían llegado tres nuevas mascotas y debía fotografiarlas.

Eran maravillosas, y no pararon de jugar y lamerme los dedos.

Corté el listón en tres trozos y se los coloqué.

"Siéntate sobre el cojín y ponte un cachorro en la falda", me indicó Brandon. "Tu suéter será perfecto como fondo para el primer plano".

LA MASCOTA Y YO
SONRIENDO A LA CÁMARA.

Acabamos en cuarenta y cinco minutos y Brandon puso de nuevo a las mascotas en su jaula.

Me sentí un poco triste cuando me despedí de ellas. Me gustaba especialmente la perrita pequeña, que tenía un pequeño círculo alrededor de un ojo. Ladró y movió la cola como diciéndome: "Por favor, no te vayas".

Pero me sentía bien al saber que estaba haciendo algo para ayudarlas a encontrar un nuevo hogar.

Estaba a punto de salir cuando la pequeña perrita empujó con su hocico la puerta y consiguió abrirla.

"Oye, ¿cómo lo has...?".

Pero, antes de que pudiera acabar la frase, saltó sobre mi falda y me hizo perder el equilibrio.

Los otros dos perritos saltaban y gemían justo al lado.

"Guau", grité al caer de espaldas al piso.

"Brandon. Ayúdame. ¡Los cachorros se escaparon!", grité mientras me lamían el cuello y la barbilla.

Pero él no estaba PRECISAMENTE dispuesto a ayudarme.

No solo se reía de mí, sino que además no dejaba de fotografiar la escena.

Su cámara hacía ese ruidito típico de los desfiles de modelos. Clic-clic-clic. Clic-clic-clic.

"¡Qué desastre!", dijo medio en broma. "Creo que cerré la puerta pero no el candado. Sonríe y di 'LUIIIIS'".

"¡Brandon, voy a... MATARTE!", le respondí sin parar de reír mientras intentaba devolver las mascotas a la jaula.

Acabamos la sesión de fotos y regresamos a la escuela. Entonces le pedí a mamá que viniera a recogerme.

Mientras esperábamos, Brandon preparó una postal de agradecimiento para Brianna.

¡Aquellos cachorros parecían tan AMOROSOS en esa foto!

Sabía que a Brianna le ENCANTARÍA.

Y el listón rojo quedaba perfecto. No sé decir a quién le quedaba mejor, si a Brandon o a los cachorros.

Entonces Brandon me sorprendió al regalarme algunas de las instantáneas que había sacado durante LA ESCAPADA DE LOS CACHORROS...

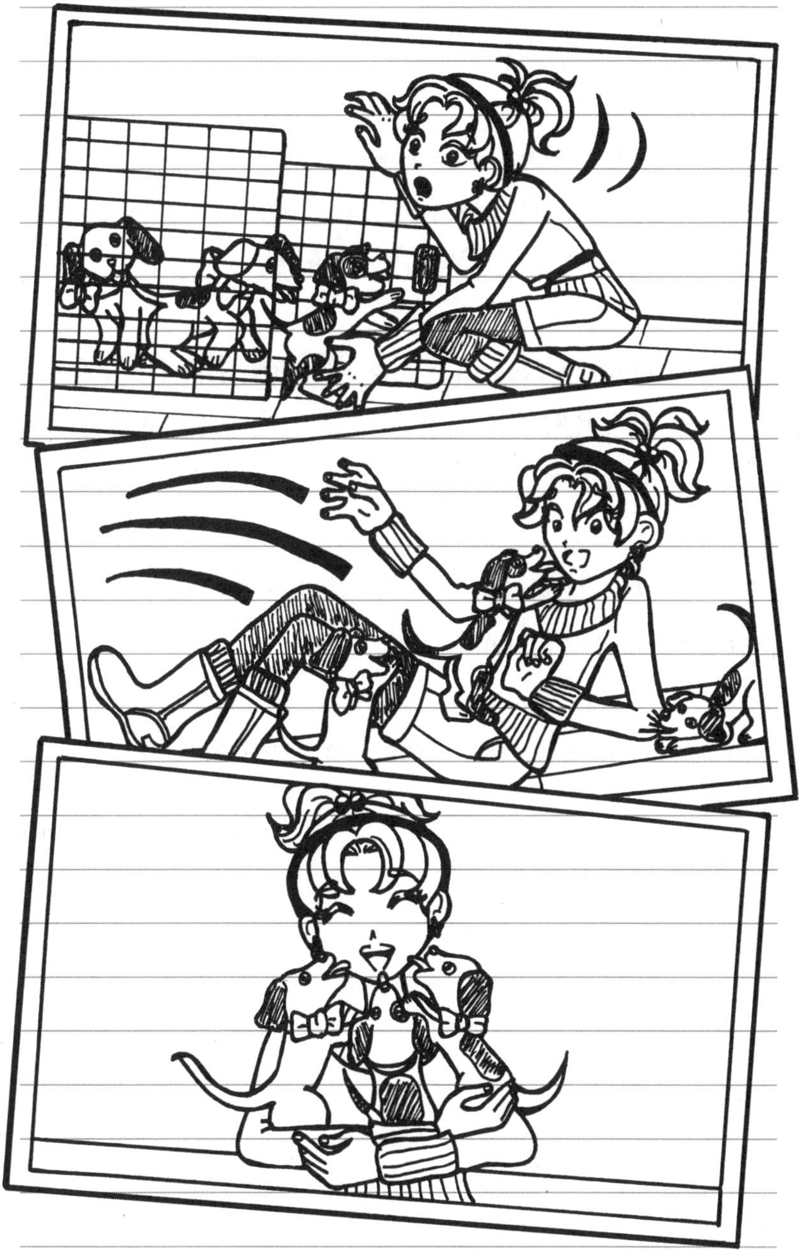

No podía creer que hubiera perdido el equilibrio y me hubiera caído de aquella manera.

Uf. ¿Y si ahora Brandon pensaba que era una torpe... tonta? ¿O, aún peor, que era una gran tonta DESGREÑADA Y CON LAGAÑAS?

Bueno. Necesito comerme una REBANADA DE PAN TOSTADO TRANQUILIZANTE y no preocuparme más por lo que piense de mí.

Había ido con Brandon a la Asociación Fuzzy Friends, pero no habíamos tenido una cita.

Aunque tengo que reconocer que me la pasé como NUNCA.

¡☺!

SÁBADO, 7 DE DICIEMBRE

Parece mentira que las vacaciones estén a punto de llegar.

Mamá y yo hemos estado toda la mañana decorando nuestro árbol de Navidad.

Papá y Brianna estaban ocupados en lo que ellos llaman "un supermegaproyecto secreto".

Papá dice que su gran sorpresa va a:

1. Alegrarnos las vacaciones.

2. Convertirse en un gran orgullo para la familia. Y...

3. Aumentar NOTABLEMENTE nuestros ingresos.

Pero esperaba que nos sorprendiera con algo más práctico.

Como, por ejemplo, un NUEVO EMPLEO.

Un empleo que NO implicara:

1. Trabajar en MI escuela.

2. Conducir una camioneta desvencijada y con una gran cucaracha en el techo.

3. Fumigar chinches.

4. Acabar de hundir mi ya maltrecha reputación.

Finalmente, papá y Brianna nos llamaron para enseñarnos su sorpresa.

Yo tenía un muy MAL presentimiento acerca de su proyecto incluso antes de ver lo que habían hecho. Sobre todo porque papá y Brianna forman un equipo con el coeficiente intelectual de un CEPILLO DE DIENTES.

¡Y tenía razón!

Miré su monstruosa y

EXTRAÑA. . .

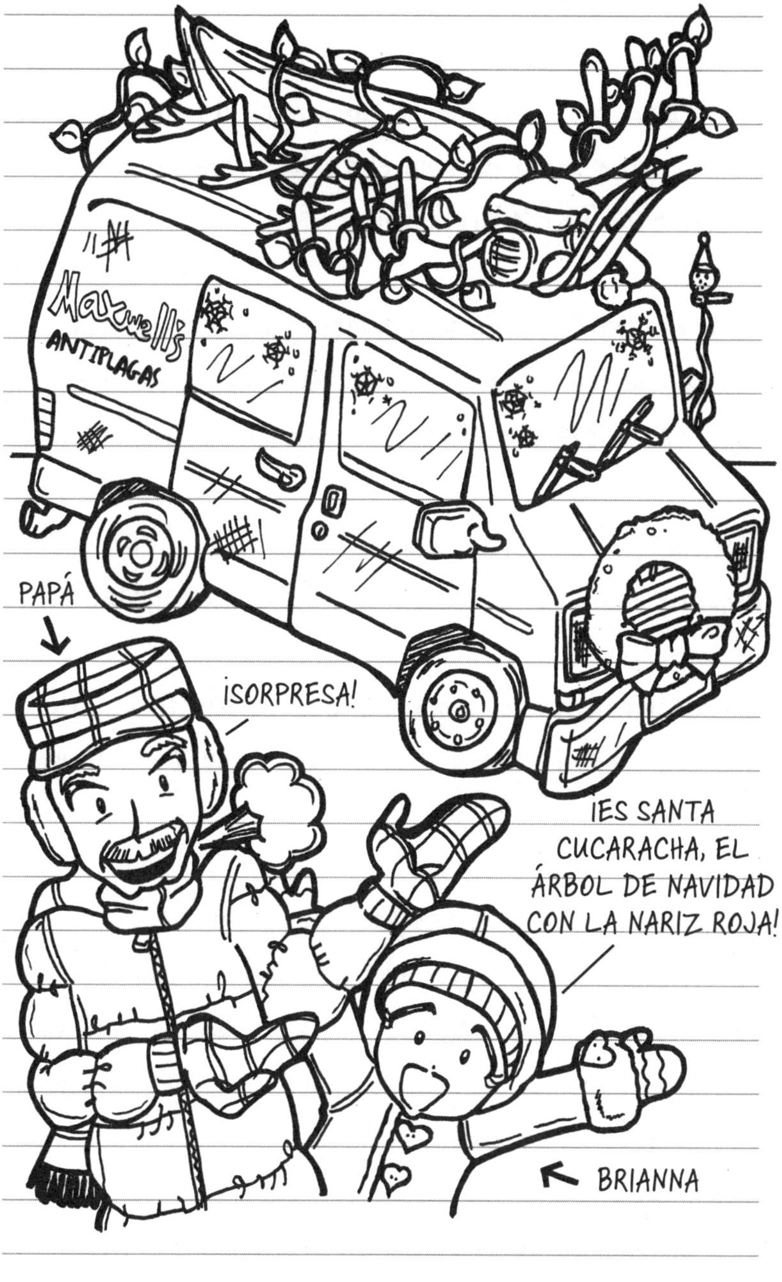
Maxwell's
ANTIPLAGAS
PAPÁ
¡SORPRESA!
¡ES SANTA CUCARACHA, EL ÁRBOL DE NAVIDAD CON LA NARIZ ROJA!
BRIANNA

Pensaba: "Pero ¿esto qué es?".

Ir de aquí para allá con la camioneta de papá y aquella gran cucaracha en el techo podía ser una experiencia TRAUMÁTICA.

Pero reparar el daño psicológico que pueda causar Santa Cucaracha, el árbol de Navidad con la nariz roja, va a llevarnos años de terapia intensiva.

Miré a papá y a Brianna con desasosiego. "Por favor, díganme que esto es solo una BROMA desagradable".

En ese momento, Brianna puso su mirada superseria y empezó a hablar con esa voz susurrante y aguda que utiliza a veces.

"Nikki, será mejor que tengas cuidado. Porque, en Nochebuena, Santa Cucaracha sale de su calabaza y regala dulces y juguetes a los niños y niñas que han sido buenos. Y fumiga con spray matacucarachas los ojos de los que se han portado MAL".

Era lo más RIDÍCULO que había oído en mi vida.

Brianna debe pensar que soy TARADA. Su historia es una burda versión de una tradición muy popular.

Pero, por si algo de lo que explicó del spray es cierto, voy a empezar a dormir con mis lentes de sol.

De cualquier modo, este fin de semana había decidido explicar de una vez por todas a Chloe y Zoey de dónde había salido mi beca en el WCD, y que mi padre es el fumigador de la escuela.

Estoy MUY cansada de todas esas mentiras.

No tenía NINGUNA duda de que Chloe y Zoey eran mis verdaderas amigas, y que me aceptarían tal como soy.

¡Aunque eso era ANTES de que Santa Cucaracha se convirtiera en un nuevo integrante de mi APESTOSA familia!

Ahora no tengo manera de contarles mi secreto a mis BFF.

¡¡☹!!

DOMINGO, 8 DE DICIEMBRE

Me quedé muy sorprendida cuando, después de despertarme esta mañana, miré por la ventana. Durante la noche, había caído una intensa nevada y medio metro de nieve cubría las calles.

A papá no le gustan nada las tormentas de nieve. Pero hoy estaba emocionado porque tenía ganas de retirar la nieve del camino de entrada.
El pasado otoño compró una vieja y oxidada máquina quitanieves en una venta de garage.

A papá le encanta comprar todo tipo de cosas, aunque sean peligrosas, en estas ventas. Aún recuerdo la vez que nos llevó a un lago con una vieja canoa sin remos. Por suerte el vigilante nos vio desde el helicóptero, si no a lo mejor no la contamos.

Papá estaba convencido de que había encontrado una ganga porque una máquina quitanieves nueva costaba unos 300 dólares, y en cambio esta le había costado solo 20.

Bueno, ahora ya sabemos por qué salió tan barata.

El tubo por donde salía la nieve estaba oxidado y no se podía cambiar la dirección hacia donde la expulsaba.

PAPÁ INTENTANDO LIMPIAR EL CAMINO CON SU MÁQUINA QUITANIEVES ROTA.

Aquella máquina estropeada escupía la nieve justo sobre el área que limpiaba. Él no acertaba a adivinar qué era lo que estaba haciendo mal.

El pobre papá se pasó tres horas en el jardín intentando limpiar el camino. Mamá tuvo que obligarlo a entrar en casa antes de que se le empezaran a congelar los órganos del cuerpo.

Lo sentía de verdad. Y mamá también. La prueba es que, en cuanto entró a casa, llamó por teléfono y encargó una nueva máquina quitanieves para papá.

La mala noticia es que nuestro camino AÚN está cubierto de nieve. Le expliqué a mamá que estaba dispuesta a hacer un gran sacrificio personal y quedarme en casa, sin ir a clase, las dos próximas semanas, o lo que tardara en llegar la nueva máquina.

Por toda respuesta, me entregó una pala y me dijo que si comenzaba inmediatamente tendría el camino despejado en cuestión de horas y podría ir a la escuela mañana por la mañana.

Mamá no sabía apreciar el tremendo esfuerzo que estaba dispuesta a hacer.

¡¡☹!!

Hoy, en inglés, nuestro profesor nos recordó que debemos entregar el trabajo de *Moby Dick* de aquí a nueve días. Tendría que haber leído la novela en octubre, pero la verdad es que he estado muy ocupada.

Es la historia de una ballena enorme y de un viejo marinero cascarrabias que siempre está de mal humor. ¡No exagero!

Como la mayoría de la gente, pensé que Moby Dick era el nombre del capitán, o algo así. Pero no. Es el nombre de la ballena. ¿Quién en su sano juicio llamaría así a una ballena?

En nuestro trabajo tenemos que analizar por qué el capitán y la ballena son enemigos. Para ganar tiempo, estoy pensando en saltarme la lectura y abordar directamente el tema.

De hecho, no tienes que ser un estudiante de literatura (ni siquiera leer el libro) para saber POR QUÉ una ballena podría querer matar a ese tipo.

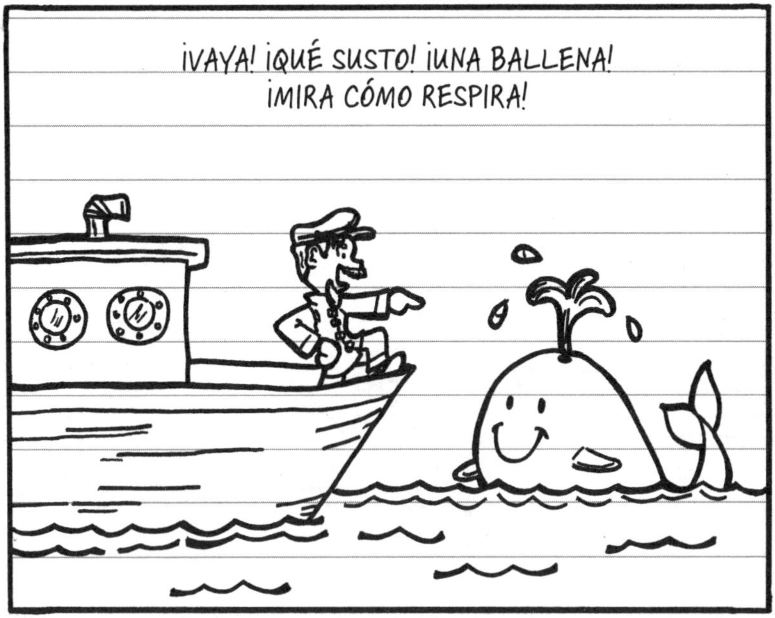
¡VAYA! ¡QUÉ SUSTO! ¡UNA BALLENA!
¡MIRA CÓMO RESPIRA!

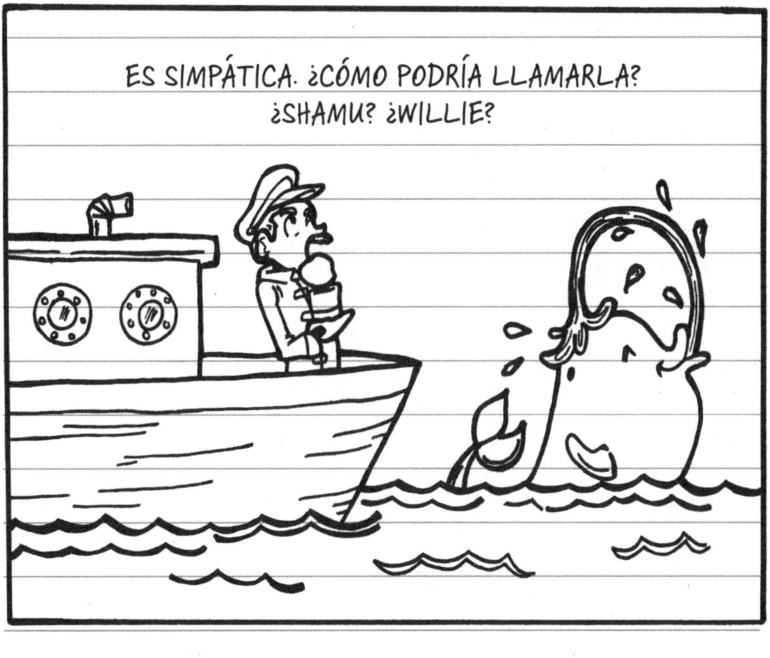
ES SIMPÁTICA. ¿CÓMO PODRÍA LLAMARLA?
¿SHAMU? ¿WILLIE?

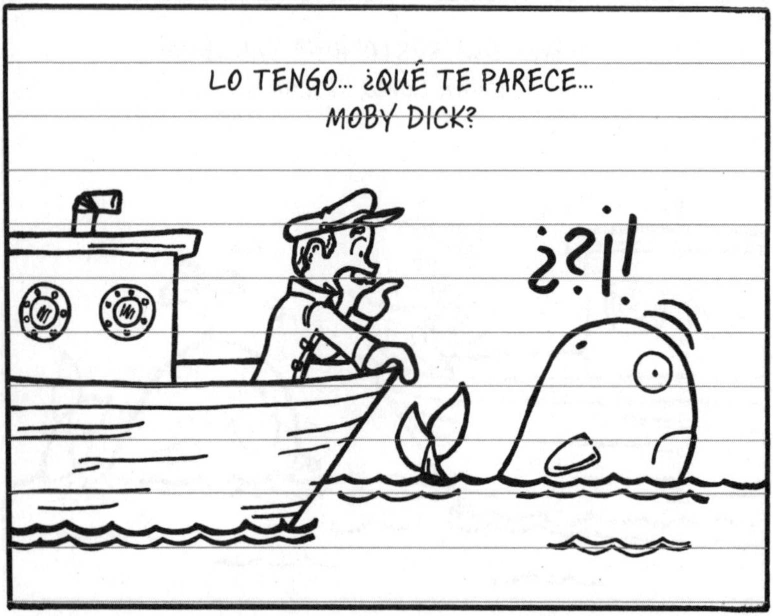
LO TENGO... ¿QUÉ TE PARECE...
MOBY DICK?
¿?¡!

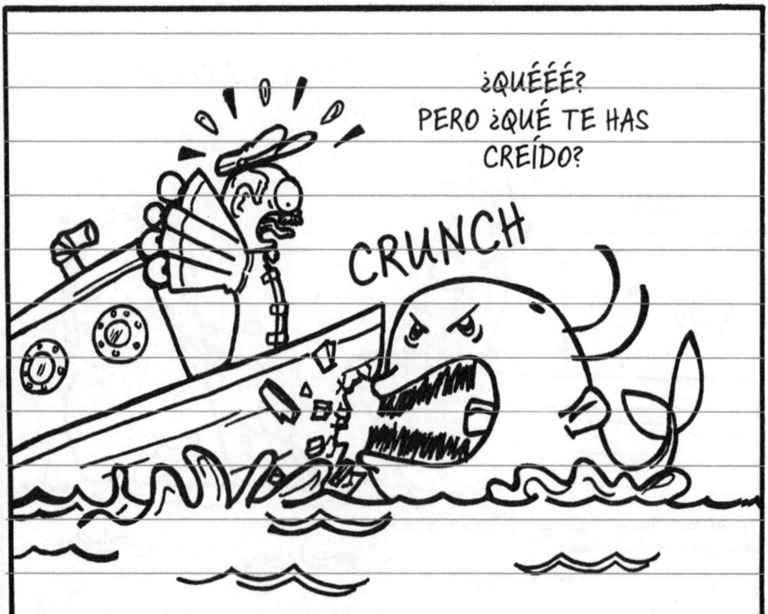
¿QUÉÉÉ?
PERO ¿QUÉ TE HAS
CREÍDO?
CRUNCH

Si mi madre me hubiera llamado Moby Dick, yo también me habría enfurecido.

Creo que este tipo de libros clásicos deberían llevar una calcomanía en la portada que dijera:

PELIGRO

LA LECTURA DE ESTE LIBRO PUEDE SER PERJUDICIAL PARA LA SALUD.

¿Por qué? Porque *Moby Dick* es TAN aburrido que, sin darme cuenta, me quedé dormida y me di un cabezazo contra el pupitre. Faltó poco para hacerme un buen chichón.

¡Vaya! Ahora tenía un buen moretón justo en medio de la frente.

¡Y no había llegado a la segunda frase!

Como precaución adicional, los estudiantes deberían llevar un casco protector mientras leen *Moby Dick*.

Mañana llevaré el de la bicicleta para protegerme de nuevos golpes.

Aunque estaba un poco agobiada por aquel trabajo para la semana siguiente, me moría de ganas de ver a Brandon.

Quería decirle lo bien que la había pasado en la Asociación Fuzzy Friends. Y que pensaba que un día sería un gran veterinario.

Pero por desgracia no lo vi a la hora de la comida. Y tampoco vino a clase de biología.

Por una coincidencia increíble, mientras estaba en el baño, sorprendí a Jessica y MacKenzie hablando de Brandon.

Jessica explicó que a Brandon lo habían llamado a la oficina del director, y que había tenido que marcharse de la escuela por un asunto familiar, por lo visto muy importante. Bueno, eso tenía sentido.

Pero ¡escucha esto! MacKenzie dijo que se rumora que el padre de Brandon es un destacado diplomático que trabaja en la embajada de Francia y que su madre procede de la realeza francesa.

Parece que su familia vivió en París diez años. Él nunca habla de ello porque supuestamente quiere mantener en secreto que es un príncipe. Por eso se le da tan bien el francés.

Entonces MacKenzie le propuso a Jessica que, como ella ayudaba en la oficina de la escuela, echara un vistazo a los documentos de Brandon para averiguar si los rumores eran ciertos.

Jessica respondió que no tenía acceso a esa información, que se guardaba en la computadora del director.

Estaba perpleja e indignada tras oír cómo aquel par hablaba tranquilamente de husmear en la información confidencial de sus compañeros.

Y no es que yo estuviera espiándolas en el baño. No. Oí todo eso mientras yo estaba concentrada en mis cosas.

No sé cómo pasó, pero de repente estaba de puntillas sobre el escusado y mirando por encima de la puerta. Solo para tomar algo de aire fresco.

MACKENZIE Y JESSICA CHISMORREANDO
SOBRE BRANDON.

Solo espero que a Brandon no le pase nada malo. Confío en que se trate de una cita con el dentista o algo así.

Jessica y MacKenzie siempre están metiéndose en la vida de los demás.

¡Son PATÉTICAS!

Aunque... ¿y si Brandon FUERA DE VERDAD un príncipe secreto? Un francés de sangre azul.

¡CIELOS! ¡SÍÍÍÍÍÍÍÍÍ!

¡¡☺!!

MARTES, 10 DE DICIEMBRE

¡Estoy en estado de shock! ¡¡☹!!

Brandon estuvo aquí, junto a mi casillero, hace solo media hora. Estoy segura de que está preocupado por algo.

Me entregó el resto de las fotos de la sesión de la Gran Escapada de Mascotas, y me agradeció que lo hubiera ayudado.

Pero cuando comenté lo bien que la había pasado, y que me gustaría colaborar como voluntaria, se puso triste y miró al suelo.

Brandon explicó que había recibido muy malas noticias de Phil y Betty Smith, los directores de la Asociación Fuzzy Friends. Phil se rompió la pierna y va a tener que pasar dos meses en el hospital. Eso significa que no podrá ir a trabajar.

Por desgracia, Betty no puede mantener el refugio abierto ella sola.

BRANDON ME CUENTA LAS MALAS NOTICIAS
SOBRE LA ASOCIACIÓN FUZZY FRIENDS.

Tan pronto como Betty encuentre alojamiento para los dieciocho gatos y perros que hay en su asociación, venderá el local a los propietarios de la florería de al lado.

Brandon estaba muy preocupado. Desde aquel mismo día, tenía previsto dedicar todas las tardes a cuidar a las mascotas hasta que todas hubieran encontrado un nuevo hogar. Lo sentía mucho por él. Sobre todo porque sé que adora ese sitio.

A la hora de educación física, les comenté a Chloe y Zoey lo que había ocurrido, y hablamos durante un largo rato sobre cómo podíamos ayudar.

Fue entonces cuando se me ocurrió la genial idea de que Chloe, Zoey y yo patináramos en el Festival sobre Hielo para recaudar fondos para los Fuzzy Friends.

Por supuesto, mis BFF aceptaron superfelices la propuesta. Finalmente teníamos una causa. Además, me dijeron que era una gran oportunidad para demostrarle a Brandon que soy una buena amiga. Entonces Zoey dijo...

Sonreí y asentí con la cabeza.

Aunque, a decir verdad, no entendí el significado de la expresión. ¡Su comentario no tenía nada que ver con lo que estábamos hablando!

Zoey es un encanto y la quiero muchísimo. Pero algunas veces me pregunto de dónde saca esas expresiones de granjero.

De cualquier forma, decidí explicarle a Brandon la decisión que habíamos tomado. Nosotras necesitábamos una causa por la que patinar, y Fuzzy Friends necesitaba dinero para contratar a un empleado que sustituyera a Phil dos meses.

Zoey hizo números y calculó que con el premio de 3 000 dólares seguramente nos alcanzaría para pagar al trabajador.

Solo faltaba que Brandon también estuviera de acuerdo con la idea.

No quise comentarlo con Chloe y Zoey, pero me preocupaba que pudiéramos tener competencia para buscar fondos para Fuzzy Friends.

Mientras Brandon hablaba conmigo frente al casillero, había notado que MacKenzie rondaba por ahí. Fingía que estaba poniéndose brillo de labios.

Sí-CLARO. Tuvo tiempo de pasárselo unas veintisiete veces por la boca mientras escuchaba nuestra conversación.

Esa chica es una VÍBORA y nada la detiene para conseguir lo que desea.

Solo espero que ya tenga una causa, después de lo que les contó a sus amigas GPS.

Porque SI NO LA TIENE...

Esto va a ponerse muy FEO.

¡¡☹!!

En estos momentos estoy tan furiosa con MacKenzie que solo puedo... ESCUPIR.

Mis sospechas eran fundadas. De acuerdo con los chismes que corrían por la escuela, MacKenzie iba a patinar para los Fuzzy Friends.

SÍ. FUZZY FRIENDS. Quería gritar: "¡No! ¡Jamás!".

No puedo creer que MacKenzie esté intentando robarme MI causa en mis propias narices. Yo tuve la idea primero y ella lo sabe perfectamente. Pero no me rendiré.

Nos encontramos frente a su casillero, y la señora tuvo el temple de saludar toda dulce e inocente. Hasta elogió mi suéter. La muy...

"Nikki, ¡qué suéter tan precioso! Es PERFECTO. Ideal para un perro. A mi cachorro le encantaría".

MI SUÉTER ☹

Es una de esas ladronas de causas benéficas que te
CLAVAN EL PUÑAL por la espalda.

Al final encontré a Brandon en la redacción del
periódico de la escuela a la hora de comer. Tenía
fotos de todas las mascotas de FUZZY FRIENDS
y estaba redactando las descripciones.

Me explicó que Betty estaba entregada en cuerpo y alma a conseguir familias adoptivas para todos antes de que cerrara el refugio a finales de mes. Era un trabajo complicado.

"¡OH!", exclamé. "¿Tan pronto?".

Quería hablarle de nuestro plan para recaudar fondos para el refugio gracias al Festival sobre Hielo.

Pero Brandon parecía estar muy afectado. Lo último que quería era ocasionarle una nueva decepción.

Dirigir ese refugio debía suponer mucho trabajo. Y a lo mejor lo único que quería Betty era vender el local, recoger el dinero y retirarse a una playa soleada, y jugar bingo cada día durante el resto de su vida.

Si renunciaba a nuestra ayuda, Brandon se sentiría fatal.

Lo sentía tanto...

"¿Hay algo que pueda hacer para ayudar?", pregunté.

Brandon me miró y su cara se iluminó.

"Sí, puedes ordenar estas fotos, siguiendo la numeración. ¡Gracias! Y no te preocupes. Solo quiero que sepas que nunca te olvidaré...".

Se retiró el fleco de la frente y continuó torpemente: "Es decir, nunca olvidaré que me has ayudado con todo esto".

Me sorprendió que estuviera tan... serio. Intenté animarlo. "Claro, para eso están los amigos. Aunque TENGAS PIOJOS, MUCHACHO".

Entonces los dos nos reímos con ganas de mi imitación de Brianna. Después nos sonrojamos y sonreímos. Las risas, sonrisas y sonrojos duraron casi UNA ETERNIDAD.

O al menos hasta que nos interrumpieron con malas maneras.

"Hola, chicos." MacKenzie se presentó en el aula.

Entonces lanzó su bolso de Prada justo encima de las fotografías que estaba ordenando para Brandon.

BRANDON Y YO EN EL MOMENTO EN QUE FUIMOS INTERRUMPIDOS.

Miré a MacKenzie; Brandon parecía realmente enojado.

Entonces esta le dedicó una gran sonrisa. "Brandon, he tenido una idea genial. Vas a estarme muy agradecido. Pero necesitaría hablarlo contigo A SOLAS", le dijo con una voz suave y parpadeando sin parar, como si alguien le hubiera lanzado un puñado de arena a la cara.

¡UF! Cuando veo a esa chica coquetear con Brandon sin ningún reparo me dan ganas de vomitar. Creo que se me notó en la cara.

De pronto, MacKenzie volteó y me miró arrugando la nariz, como si apestara. "Nikki, ¿qué haces aquí? ¿Es que nadie te ha dicho que esta aula es solo para periodistas?".

"Me encantaría saber POR QUÉ vas vestida como si fueras una azafata ridícula", le respondí. "¿Estás aquí para escribir o para repartir cacahuates?".

MACKENZIE VESTIDA DE AZAFATA RIDÍCULA.

"CACAHUATES PARA TI. Y CACAHUATES PARA TI. CACAHUATES PARA TODOS".

A Brandon casi se le escapa la risa, pero lo disimuló enseguida con un supuesto ataque de tos.

Ella había empezado al criticar mi suéter. Yo solo le respondía.

MacKenzie dejó escapar una sonora carcajada, como si estuviéramos bromeando. Pero sus ojos estaban disparándome puñales.

"¿En qué estás trabajando hoy?", le preguntó a Brandon, mirando las fotos por encima del hombro. Entonces agarró la imagen de un cachorro.

"Guau. ME ENCANTAN los cachorros. ¿Son de ese sitio que se llama FUZZY FRIENDS? He oído que van a cerrar. Espero que estas mascotas no se queden en la calle. Sería HORRIBLE. Vaya, tengo una gran idea. Quizás pueda ayudar en el Festival sobre Hie...".

A Brandon se le endurecieron las facciones antes de decir: "De hecho, MacKenzie, Nikki y yo estamos trabajando en un gran proyecto. Estamos algo atareados en este momento. Así que si no te importa...". Y volvió a toser.

MacKenzie finalmente se dio por aludida.

"Vaya. No quería interrumpir nada. Solo me detuve para..." Buscó algo en el aula, hasta que encontró lo que fuera en el piso.

"Encontrar mi CLIP. Sí, está justo aquí. Se me cayó ayer, y he estado buscándolo desde entonces. Por suerte lo encontré".

"Me alegro mucho por ti, MacKenzie", le dije con sarcasmo.

"Bueno, supongo que ya hablaremos más tarde, Brandon. Cuando no estés tan..." Me dirigió una mirada de odio. "OCUPADO. Adiós".

Nos dedicó una falsa sonrisa, miró a Brandon y salió del aula pavoneándose. No soporto que haga eso.

Estaba claro que había venido a hablar con Brandon de su ayuda a Fuzzy Friends. Y luego improvisó todo aquel drama del clip perdido. ¡Qué inmadura es!

Chloe, Zoey y yo tenemos previsto ir el sábado al refugio para hablar con Betty, la propietaria. Espero que lleguemos antes que MacKenzie. Creo que está terriblemente celosa porque Brandon pasa más tiempo conmigo que con ella.

Pero ya sabe lo que le toca. Si quiere ser su novia:

1. Que llore un río.

2. Que construya un puente. Y...

3. Que lo cruce.

¡¡☺!!

¡AAAAAHHHHH! Esta soy yo gritando.

¿Por qué? ODIO esos exámenes tipo test que duran seis horas en los que tienes que responder preguntas de ciencias, matemáticas y comprensión lectora.

Sabes a qué me refiero, ¿verdad? Esos tests en los que tu agradable profesora se convierte en el GUARDIA DE UNA PRISIÓN DE MÁXIMA SEGURIDAD y al llegar te lanza las hojas del examen sobre el pupitre.

HABITUALMENTE, PROFESORA AGRADABLE

¡SLAP!

¡SLAP!

Entonces, antes de empezar el examen, pone en marcha el cronómetro de su reloj de mano y grita...

"PUEDEN EMPEZAR... ¡YA!"

Y, para indicar el final de la prueba, para el cronómetro de su pequeño reloj de mano y grita...

"POR FAVOR, PAREN... ¡YA!".

Entonces dice: "Dejen el bolígrafo sobre el pupitre. NO volteen la página. Pongan las manos en la cabeza. Tienen derecho a permanecer en silencio. Todo lo que digan puede ser usado en su contra. Tienen derecho a un abogado...".

Uf. Suficiente para asustar a cualquiera. No me sorprende que los resultados suelan ser nefastos. Y lo peor es que después comparan tus resultados con los de tu ciudad y con los de todo el país. Y quedas realmente MAL porque los chicos de esas escuelas lejanas nunca son tan ESTÚPIDOS como los de NUESTRA escuela.

Y como la estupidez es más contagiosa que la varicela, no hay manera de que puedas superar las calificaciones de las otras escuelas.

Especialmente cuando te sientas al lado de un chico de diecisiete años que AÚN está acabando la primaria y AÚN pide huevitos de chocolate con sorpresa.

Teniendo en cuenta todo esto, ¿POR QUÉ tendrías que INTENTAR hacerlo bien, si ya sabes que tu puntuación va a ser pésima? Digo yo.

Por eso me gustaría ver un examen de UNE-LOS-PUNTOS. Cada estudiante marca las respuestas que le van bien para el dibujo, y la puntuación depende de lo ORIGINAL Y CREATIVO del diseño obtenido.

Este tipo de exámenes serían más justos y más importantes. Más FÁCILES. ¡¡☺!!

Así conseguiría estar entre el 1% con mejores calificaciones del país y obtendría, junto a todos esos ricachones, una beca para la Universidad de Harvard.

Y todo gracias a mi gran obra.

LA MARIPOSA FELIZ.

Nombre **NIKKI MAXWELL**   Clase **2º**   Fecha **12 DIC.**

HOJA DE RESPUESTAS

Ⓐ Ⓑ ● Ⓓ

1. Ⓐ Ⓑ Ⓒ Ⓓ	18. ● Ⓑ Ⓒ ●	35. Ⓐ Ⓑ Ⓒ Ⓓ
2. Ⓐ Ⓑ Ⓒ Ⓓ	19. ● Ⓑ Ⓒ ●	36. Ⓐ Ⓑ Ⓒ Ⓓ
3. Ⓐ Ⓑ ● ●	20. Ⓐ ● ● Ⓓ	37. ● ● Ⓒ Ⓓ
4. Ⓐ ● Ⓒ Ⓓ	21. ● Ⓑ Ⓒ ●	38. Ⓐ Ⓑ ● Ⓓ
5. ● Ⓑ Ⓒ Ⓓ	22. ● Ⓑ Ⓒ ●	39. Ⓐ Ⓑ Ⓒ ●
6. ● Ⓑ Ⓒ Ⓓ	23. Ⓐ ● ● Ⓓ	40. Ⓐ Ⓑ Ⓒ ●
7. ● Ⓑ Ⓒ Ⓓ	24. ● Ⓑ Ⓒ ●	41. Ⓐ Ⓑ Ⓒ ●
8. ● Ⓑ Ⓒ Ⓓ	25. ● Ⓑ Ⓒ ●	42. Ⓐ Ⓑ Ⓒ ●
9. ● Ⓑ Ⓒ Ⓓ	26. ● Ⓑ Ⓒ ●	43. Ⓐ Ⓑ Ⓒ ●
10. Ⓐ ● ● ●	27. ● Ⓑ Ⓒ ●	44. ● ● ● Ⓓ
11. Ⓐ Ⓑ ● ●	28. Ⓐ ● ● Ⓓ	45. ● ● Ⓒ Ⓓ
12. Ⓐ ● Ⓒ Ⓓ	29. Ⓐ Ⓑ ● ●	46. Ⓐ Ⓑ ● Ⓓ
13. Ⓐ ● Ⓒ Ⓓ	30. ● Ⓑ Ⓒ ●	47. Ⓐ Ⓑ ● Ⓓ
14. Ⓐ ● ● ●	31. ● Ⓑ Ⓒ ●	48. ● ● ● Ⓓ
15. Ⓐ Ⓑ Ⓒ ●	32. Ⓐ ● ● Ⓓ	49. ● Ⓑ Ⓒ Ⓓ
16. ● ● ● Ⓓ	33. Ⓐ Ⓑ Ⓒ Ⓓ	50. Ⓐ ● ● ●
17. Ⓐ Ⓑ Ⓒ Ⓓ	34. Ⓐ Ⓑ Ⓒ Ⓓ	

¿Soy o no soy genial? ¡¡☺!!

VIERNES, 13 DE DICIEMBRE

Estoy tan triste que apenas puedo escribir.

Me he pasado dos horas llorando en mi habitación.

Y aún no tengo ni idea de qué voy a hacer para solucionar mis problemas.

Después de dejar a Brianna en su clase de ballet a las 5 de la tarde, mamá quiso ir a comprar flores para la casa.

Eligió la florería que está justo al lado de los Fuzzy Friends.

Fue realmente sorprendente porque Chloe, Zoey y yo habíamos decidido ir ahí mañana.

Mamá me dijo que estaría unos quince minutos en la tienda y que podíamos vernos en el coche. Así que fui a Fuzzy Friends con la esperanza de poder encontrar ahí a Betty.

En la puerta principal, encontré un montón de cajas vacías y mi corazón empezó a latir más deprisa.

¿Había llegado demasiado tarde?

Miré a través de la ventana de la oficina y vi a una mujer mayor descolgando fotografías de las paredes.

"Perdóneme. ¿Es usted Betty?", pregunté.

"Sí, soy yo. Ven. Llegas a tiempo para adoptar a una de las mascotas, porque muy pronto tendremos que cerrar. ¿Te interesa un perro o un gato?" Recogió un álbum y me dedicó una sonrisa.

Me gustó.

Y también entendí por qué le agradaba tanto a Brandon.

"Necesitaré que llenes algunos formularios. Pero la buena noticia es que no tienes que pagar nada para adoptar a un animal".

"De hecho, no estoy aquí para adoptar a una mascota. Aunque son adorables. Estuve aquí la semana pasada, como voluntaria. Y ahora quería saber si podríamos representar a Fuzzy Friends en un espéctaculo de la escuela en que se conceden donaciones a obras sociales".

Betty me pidió que tomara asiento.

"Bueno, ante todo, gracias por tu ayuda", dijo. "La gente maravillosa como tú nos ha permitido buscar un hogar a más de doscientos animales este año. Por desgracia, hace unos días mi marido se cayó de la escalera mientras pintaba la pared de la cocina y se rompió una pierna. Por esa razón, no podemos mantener el centro abierto".

Yo no perdí el tiempo y le expliqué en qué consistía el Festival sobre Hielo, y cómo el dinero ganado podía emplearse en mantener el refugio abierto. Al menos, hasta que su marido se restableciera.

Betty estaba impresionada y sobrecogida por la emoción. Se echó a llorar...

NIKKI SEGURO QUE ERES MI ÁNGEL DE LA GUARDA.

Eso no me sorprendió menos que lo que dijo a continuación:

"¿Sabes qué? Ayer una chica me dejó un mensaje en la contestadora en el que me hablaba de este festival. Pero pensé que solo quería venderme un boleto. Creo que se llamaba Madison. O Mikaya...".

"¿MACKENZIE?"

"¡Sí! ¡Eso es! ¡MacKenzie! ¿Cómo lo supiste?".

"¡Ah! Pura casualidad".

"Bueno, Nikki, ¡cuéntame qué tengo que hacer para que
Fuzzy Friends esté en ese Festival sobre Hielo benéfico!
Tengo muchas ganas de verlas patinar a ti y a tus amigas".

Nuestro encuentro fue mucho mejor de lo que había
imaginado.

Me dio una tarjeta suya con su teléfono particular
e incluso con el del hospital, para que pudiera
llamarla las 24 horas del día.

"Nikki, no te imaginas lo que esto significa para
mí, para mi marido y especialmente para mi nieto",
dijo Betty con entusiasmo. "¡Pobrecito! Ha sufrido
tanto después de perder a sus padres hace unos
años... Y ahora vamos a arrancarlo de aquí para
mudarnos a otro estado a mediados de año. Tenía
pavor de darle la noticia".

"Pero, gracias a ti, no tendré que hacerlo. Está ahí afuera, volviendo de pasear a los perros. Solo puedo agradecértelo, ¡gracias!" Luego me abrazó con tanta fuerza que casi no podía respirar.

"¡Gracias a TI! por acceder a ser nuestra causa y permitirnos patinar para ti", le dije poniendo cierto tono dramático. "¡Haremos que los Fuzzy Friends se sientan orgullosos!".

Mientras salía del refugio observé una valla muy alta alrededor del terreno.

Oí un grupo de perros ladrando con emoción y no pude evitar echar una miradita.

Vi a un chico corriendo con unos ocho perros de diferentes tamaños, colores y razas, incluyendo tres cachorros.

Aunque estaba de espaldas, pude ver que tenía una de esas pelotas de futbol de plástico blando y que estaba jugando un animado partido de futbol de chico contra perros...

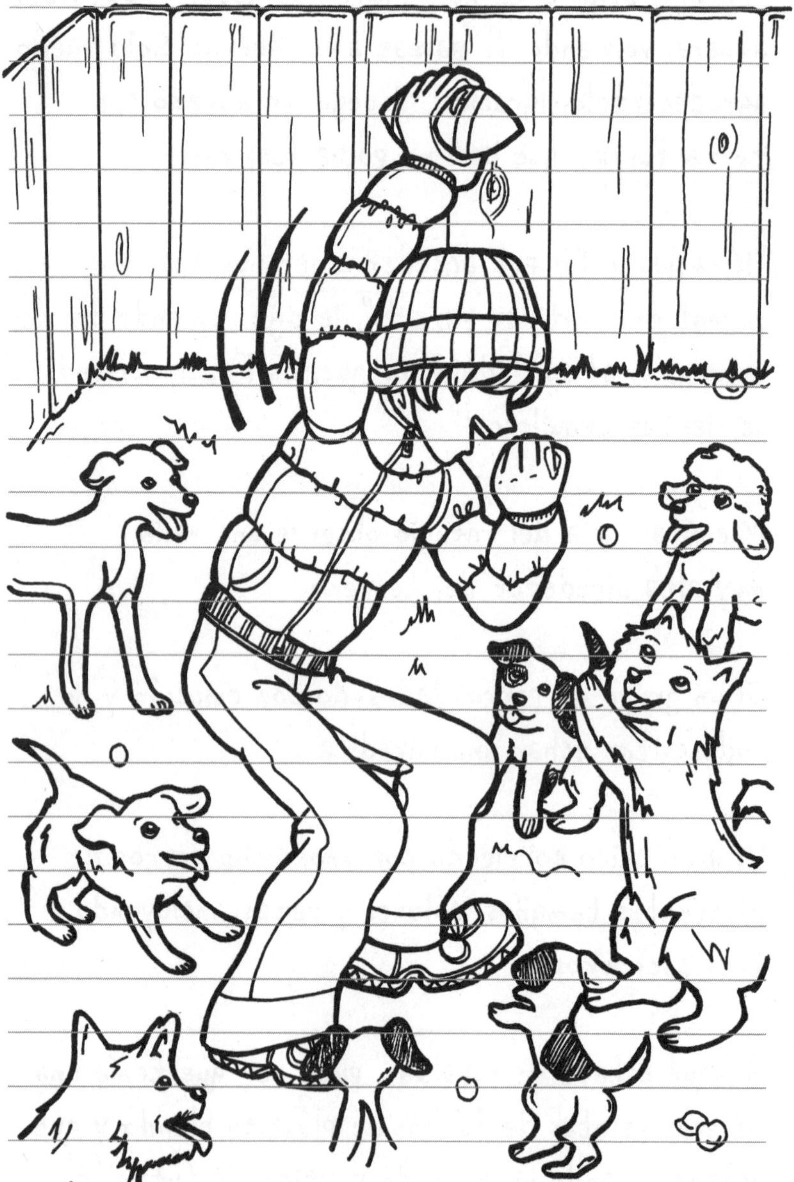

Corría por la hierba dándole a la pelota y haciendo fintas imaginarias, mientras los perros lo perseguían ladrando y mordiéndole los tobillos.

"¡Y es un GOOOL!", gritó. "¡¡La afición se emociona!! ¡AAAAHHHHH!".

Fue en ese momento cuando su voz me resultó ligeramente familiar.

Pero mi cerebro se negaba a hacer la conexión y en lugar de eso construyó que sonaba como la de alguien conocido.

El chico dejó la pelota de futbol en el suelo y empezó a hacer un gracioso baile de la victoria mezcla de hip-hop, gallina y corredor, mientras los perros ladraban y corrían en círculos a su alrededor.

Luego él y los perros se tiraron al suelo, totalmente exhaustos.

Cuando por fin pude ver su cara, me quedé helada y, de la impresión, se me escapó un grito ahogado...

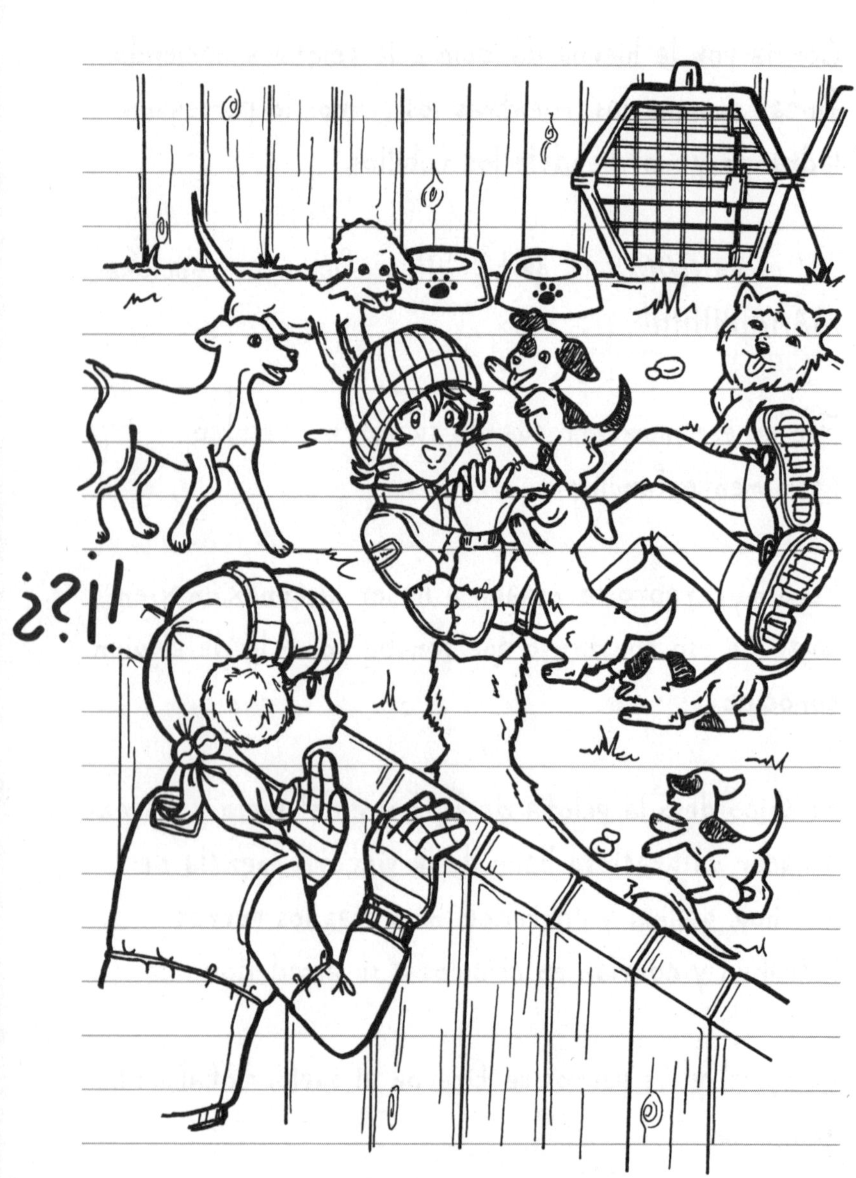
¿?¡!

¡ERA BRANDON!

De pronto, aquel comentario que había hecho un par de días atrás acerca de que nunca me olvidaría pasara lo que pasara cobró sentido.

Me di cuenta de que, si Fuzzy Friends cerraba, él y sus abuelos ¡se trasladarían durante las vacaciones de verano!

¡NOOO! ¡ESTO NO PUEDE ESTAR PASÁNDOME A MÍ! ¡Dios mío! ¡Dios mío! ¡Dios mío!

Brandon y yo no VOLVERÍAMOS a vernos ¡NUNCA MÁS!
¡¡☹!!

SÁBADO, 14 DE DICIEMBRE

Ya se me está pasando un poco la impresión que me causó lo de Brandon.

Pero todavía me hago un millón de preguntas:

¿QUIÉN es realmente Brandon?

¿DE DÓNDE es?

¿QUÉ les sucedió a sus padres?

¿DESDE CUÁNDO vive con sus abuelos?

¿CÓMO acabó en el WCD?

¿Y qué hay de todo lo que les oí por casualidad en el baño a MacKenzie y a Jessica sobre Brandon? ¿Hay algo de verdad?

Solo de pensar en esto me da vueltas la cabeza y me duele el corazón.

No puedo ni imaginarme todo lo que ha vivido.

Pero no me atrevo a decirle ni una sola palabra de esto a nadie. Ni siquiera a Chloe o Zoey.

Si Brandon quiere que los demás lo sepan, ya se los dirá.

Chloe, Zoey y yo estaremos patinando en el Festival sobre Hielo ¡por la causa de los Fuzzy Friends!

Y pienso hacer todo lo que esté a mi alcance para ayudarlos a mantener el refugio abierto.

Por los animales.

Por Betty y Phil.

Y, más importante, por... ¡BRANDON!

¡¡SÉ QUE PUEDO CONSEGUIRLO!! ¡¡☺!!

¡¡PUAJJ!!

Ahora mismo están fastidiándome tanto Brianna y la Señorita Penélope... ¡que me pondría a GRITAR!

Pero, como la causa de todo esto fue una ESTÚPIDA idea de mamá, técnicamente ¡todo es por su culpa!

Cualquiera pensaría que después de tener dos hijos ¡debería ser una madre más responsable!

¿Por qué de todas las personas del mundo me pidió A MÍ que me encargara de la tradición familiar de hacer galletas para los vecinos y amigos?

Debería haber sospechado que mamá tramaba algo cuando la vi actuar de aquella manera tan rara durante la cena.

Cuando ya nos habíamos sentado a la mesa, se quedó parada, como un maniquí o algo así, agarrando mi silla y observándome con una extraña mirada.

Pero, como estaba muerta de hambre, simplemente la ignoré y seguí atiborrándome.

De pronto, los ojos de mamá se pusieron vidriosos y dejó de parpadear. Eso solo podía significar una cosa.

Se había hecho alguna herida mientras preparaba el rollo de carne y necesitaba atención médica. O quizás NO.

"Mamá i¿te encuentras bien?!", le dije con la boca llena de comida.

"¿Eh?" De pronto salió de su aturdimiento mientras se le ponía una sonrisa bobalicona en la cara. "Es que estaba pensando en lo maravilloso que sería heredate mi tradición de las galletas a TI, y luego, un día, tú podrás heredársela a TU hija".

"¿¡MMM!?", balbuceé asombrada, casi atragantándome con el puré de papas.

¿POR QUÉ estábamos hablando de NIÑOS?

¡Si Brandon y yo ni siquiera nos habíamos tomado de la mano!

Estaba contenta de que mamá tuviera unos recuerdos tan agradables de mí cuando era pequeña...

MAMÁ Y YO (CON CINCO AÑOS)
HACIENDO GALLETAS DE NAVIDAD.

Lo siento, pero yo no estaba tan ansiosa por
ponerme a hacer galletas con MI HIJA.

Sobre todo porque tenía miedo de que resultara
ser un pequeño diablillo, como castigo por todos los
DOLORES DE CABEZA que yo le había ocasionado
a mamá...

MI HIJA (CON CINCO AÑOS) Y YO
HACIENDO GALLETAS DE NAVIDAD.

Fue entonces cuando mamá colocó sus manos sobre
mis hombros y me miró a los ojos.

"Nikki, ¡¿te encargarías de hacer este año las
galletas de Navidad?! Significaría tanto para mí...".

118

Mi reacción instintiva fue ponerme a gritar: "Mamá, ¡ya no sigas! ¡Me estás asustando!".

Pero en lugar de eso me encogí de hombros, me tragué un bocado de carne y murmuré: "Mmm... bueno".

Total, no podía ser muy difícil hacer galletas. Mamá las hacía todo el día, ¿no?

Cuando acabamos de cenar, mamá me pasó la receta para que pudiera empezar. Luego se marchó al centro comercial para hacer las compras de Navidad.

Lo que más me molestó fue que mamá se había olvidado, muy convenientemente, de un detalle importante. ¡¡Tenía que hacer las galletas con BRIANNA!!

Había intentado preparar una cena gourmet con Brianna el septiembre pasado, y fue un desastre total.

¡Y todavía me angustiaba el horrible recuerdo de la vez que hicimos helado para Acción de Gracias y papá y Brianna pasando la lengua por la cuchara de servir!

Brianna entró en la cocina dando saltos.

"Hola, Nikki, adivina qué. ¡La Señorita Penélope y yo vinimos a ayudarte a hacer las galletas!".

¡Era SENCILLAMENTE GENIAL!

Sabía que era necesario entretener a Brianna para que me dejara tranquila o para evitar que hiciera algo peligroso.

Algo como meter a la Señorita Penélope en el microondas y programarlo como si fuera a hacer palomitas, para ver si se convertía por arte de magia en palomitas de maíz.

Así que para distraerla le pedí que buscara dos bandejas de horno para galletas.

Todo parecía ir de maravilla. Había medido todos los ingredientes y estaba a punto de empezar a mezclarlos.

Entonces, Brianna empezó a hacer tanto ruido que parecía que estuviéramos en medio de una zona de obras.

¡CLANC! ¡BUM! ¡CLUNC! ¡CLANC!

"¡Brianna, casi no puedo oír ni mis pensamientos! ¡Deja de hacer ese ruido antes de que me explote la cabeza!", le grité.

Sus ojos chispeaban. "¿De verdad que este ruido hará que te explote la cabeza? ¡QUÉ COOL!"

¡CLANC! ¡BUM! ¡CLANC!

"Brianna, ¡ya para o llamo a mamá...!", la amenacé.

"¡Mírame!", me dijo caminando como robot por todos los rincones de la cocina. "Soy el Hombre de Hojalata de *El mago de Oz*".

BRIANNA, DE HOMBRE DE HOJALATA.

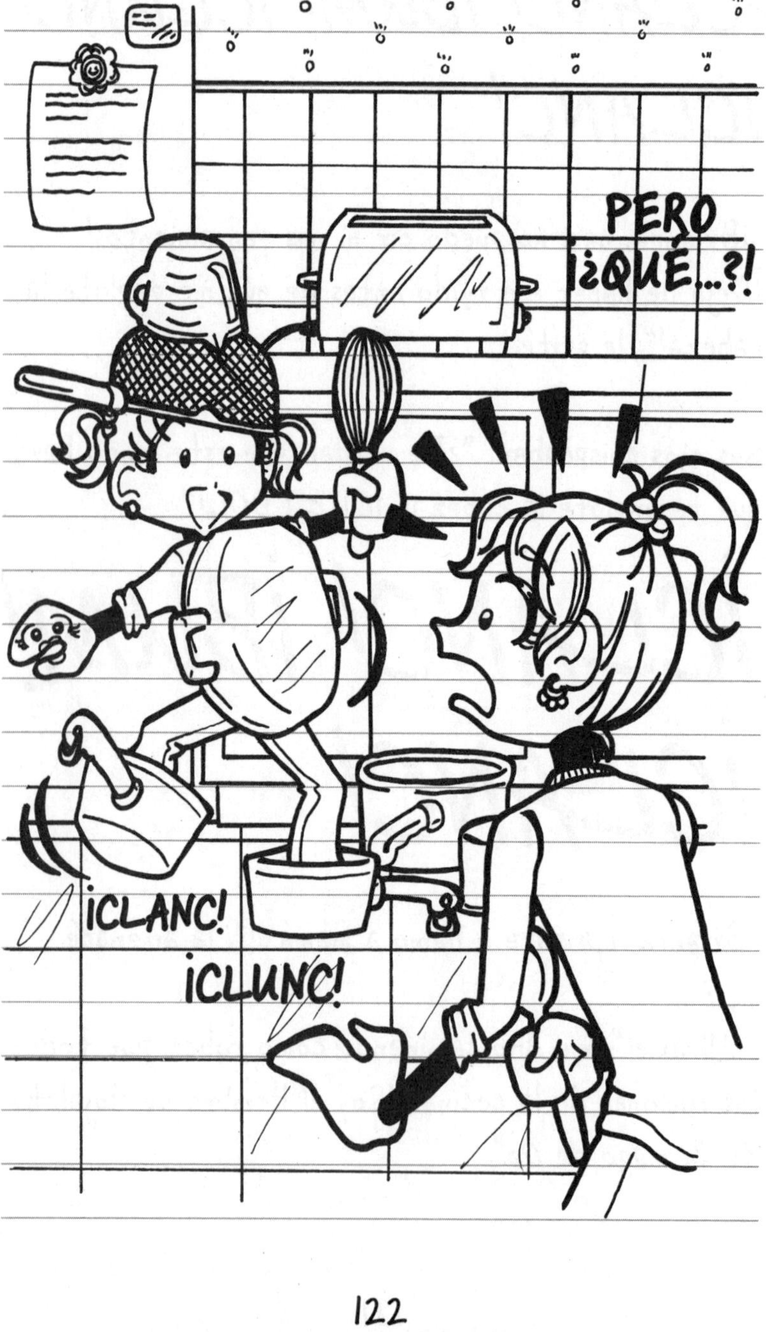
PERO ¡¿QUÉ...?!
¡CLANC!
¡CLUNC!

"Perdona, Brianna, tú no eres el Hombre de Hojalata", le dije entre dientes. "¡Lo que necesitas es un CEREBRO para parecerte al ESPANTAPÁJAROS!".

"¡Nikki!, ¡sí tengo CEREBRO!", se enojó. "¿VES?" Abrió la boca todo lo que pudo y me indicó que mirara en su interior.

Agarré una silla de las de la mesa de la cocina y se la acerqué.

"Ven, siéntate ahí y no te muevas, como un Hombre de Hojalata bueno. Haz como que te estás oxidando o algo por el estilo, ¿de acuerdo?".

Mezclé los ingredientes, extendí la masa con el rodillo e hice arbolitos de Navidad con los moldes de mamá.

Luego metí las galletas en el horno. Cuando me di la vuelta, Brianna estaba chupando la cuchara.

"Brianna, ¡no hagas eso! Tengo que usarla para hacer la última tanda de galletas".

"Es culpa de la Señorita Penélope, no mía. Está probando la masa de las galletas para asegurarse de que no está demasiado repugnante. Dice que tú eres muy buena dibujando, pero que cocinando ¡eres PÉSIMA!".

No podía creer que la Señorita Penélope estuviera diciendo esas tonterías sobre mí. Sobre todo porque ni siquiera era real..., hum..., HUMANA.

Pensé en agarrar el rodillo y darle con él a la Señorita Penélope para que "experimentara" algo repugnante de verdad.

Pero en lugar de eso decidí relajarme y ver la televisión en la sala, mientras mis galletas se horneaban durante treinta minutos.

No habían pasado ni cinco minutos cuando sentí oler a quemado.

Volví a toda prisa a la cocina y vi a Brianna parada, junto al horno donde se cocían las galletas, con cara de culpable confesa.

La temperatura del horno había cambiado de 175 grados la la posición de GRATINADOR!

Le dije a la Señorita Penélope que no subiera la temperatura. Pero ella quería que las galletas se hicieran rápido ¡porque tiene mucha HAMBRE, de verdad!

YO
Entonces... ¿se hicieron ya las galletas?

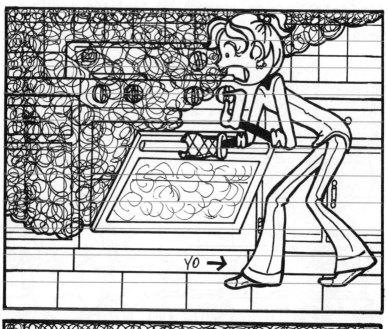

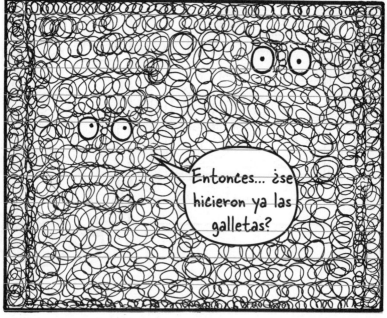

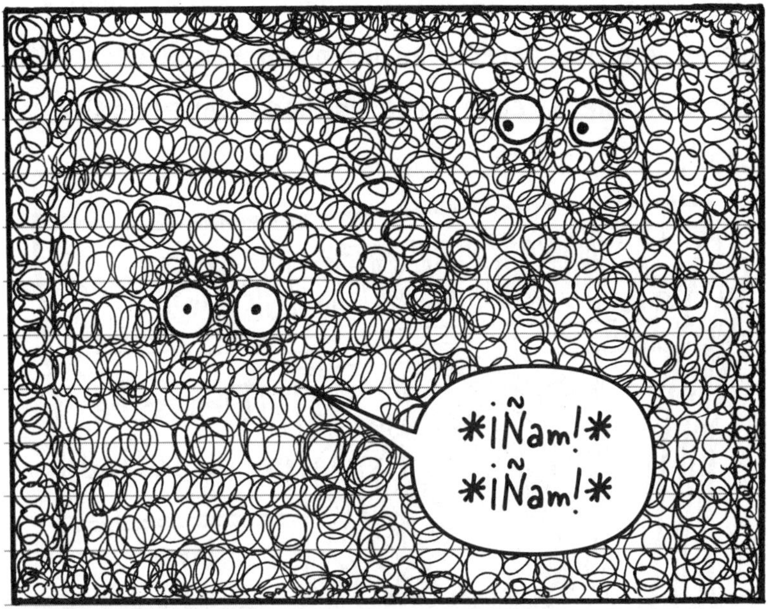
¡Ñam!
¡Ñam!

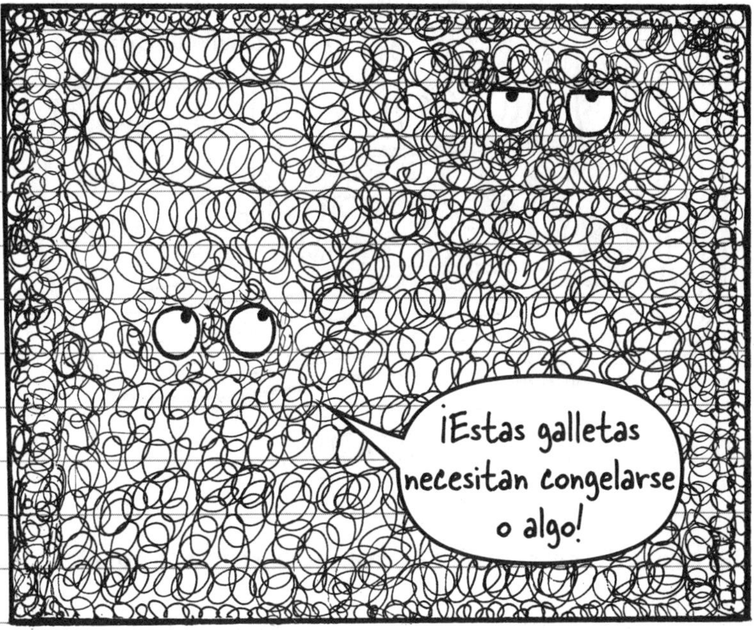
¡Estas galletas necesitan congelarse o algo!

Abrí las ventanas para que saliera todo el humo y esperé que no aparecieran los bomberos. ¡Cielos! ¡Me muero si sale mi cara en la portada del periódico local!

YO OCUPANDO LA PORTADA.

La tarea de hacer galletas fue un completo y total ¡DESASTRE!

Ahora tengo que llamar a mamá y comunicarle que tiene que pasar por el súper cuando vuelva del centro comercial.

Porque este año, gracias a Brianna y a la Señorita Penélope, todos nuestros amigos y familiares lo que podrían recibir son galletas horneadas por los duendes de Santa Claus en el agujero de su árbol de Navidad. ¡Eso es lo único que digo!

Casi no puedo creer que mañana vayamos a empezar a patinar sobre hielo en clase de educación física. Pronto estaré deslizándome por el hielo y dando saltos de doble axel, como los profesionales.

He decidido irme pronto a dormir hoy para mañana estar despierta y bien descansada.

Va a resultarme raro estar cerca de Brandon ahora que sé su situación. Todavía estoy preocupada por él.

Pero ¡creo que está empezando a gustarme todavía MÁS! ¡¡☺!!

Ahora mismo me siento tan frustrada que podría...

¡¡GRITAR!! ¡¡☹!!

Hoy era mi primer día de patinaje en la pista de la escuela durante la clase de educación física ¡y resultó un completo DESASTRE!

Solamente mantenerse de pie sobre el hielo ha sido como diez veces más difícil de lo que pensaba que sería.

¿POR QUÉ, POR QUÉ, POR QUÉ acepté hacer esta estúpida rutina sobre hielo?

Debía de padecer ENAJENACIÓN MENTAL transitoria.

Encima, MacKenzie estaba ECHANDO HUMO porque Chloe, Zoey y yo estábamos patinando para Fuzzy Friends, y no ELLA.

Como siempre, esta chica hizo todo lo que estuvo en sus manos para hacer de mi vida una DESGRACIA...

¡EY, NIKKI! TE TIEMBLAN LAS PIERNAS SOBRE
EL HIELO, ¿TE TRAIGO UNAS MULETAS?

No puedo creer que MacKenzie me haya dicho eso en
mi cara.

Todos mis compañeros lo oyeron. Me pareció escuchar las risitas tontas de todo el grupo a mis espaldas.

¡QUÉ HORROR! ¡Me sentí más que HUMILLADA!

SE SUPONÍA que estábamos haciendo unas prácticas rutinarias para el Festival sobre Hielo durante la clase de educación física.

Pero ¡NOOO! No practiqué en absoluto. ¡¡¿POR QUÉ?!!

¡PORQUE SOY TAN TORPE PATINANDO SOBRE HIELO QUE NI SIQUIERA HE CONSEGUIDO PONERME DE PIE! ¡¡POR ESO!!

La ÚNICA cosa que realmente pude hacer bien fue
un movimiento que requería unas piernas superflojas.

¿?¡!

¡MIRA! ¡¿Está haciendo el baile
de las **PIERNAS ENROSCADAS**?!

YO

Bueno, ¡siento no estar de acuerdo con esas riquillas de las GPS! Pero cualquier cosa que se pareciera a un baile era pura casualidad.

Chloe y Zoey me dijeron que tuviera paciencia, porque podría demorarme dos o tres semanas en conseguir patinar alrededor de la pista yo sola.

Pero nuestra actuación será solo en ¡¡DOS SEMANAS!!

Chicas, ¡¡hagan cuentas!!

Zoey me sugirió que leyera su libro *Patinaje artístico para tontos*.

Y Chloe se ofreció a prestarme su novela *La Princesa de Hielo*.

Personalmente, no creo que los libros me sirvan de mucho.

Las únicas DOS cosas que de verdad NECESITO ahora son:

Uno de esos aparatos caminadores que usan algunos ancianos, porque seis pies sobre el hielo son mejor que solo dos...

Y un cojín bien blando porque tengo una docena de moretones en el trasero, y **NO** voy a poder sentarme en una semana...

Desgraciadamente, tendremos que hacer prácticas de patinaje sobre hielo durante el resto de la semana en clase de educación física.

Y los días 26, 27 y 30 de diciembre tendremos tres jornadas de entrenamiento para el espectáculo del día 31.

No quiero ser pesimista, pero todo este asunto del patinaje sobre hielo está convirtiéndose en una ¡PESADILLA total!

¡AAAAAAHHHHHHH!

Esa era yo, gritando por la frustración. ¡DE NUEVO!

Necesito estar tranquila y concentrada.

No podría soportar equivocarme. Porque, si lo hago, Brandon tendrá que irse, y ya ha tenido suficientes traumas.

¡Cielos! ¿EN DÓNDE me he metido?

¡¡☹!!

MARTES, 17 DE DICIEMBRE

Estoy en mi habitación a punto de sufrir un COLAPSO TOTAL.

Realmente ODIO dejar las cosas para el último momento.

Tengo que entregar mi trabajo sobre *Moby Dick* en menos de catorce horas y ni siquiera lo he empezado.

Cuando digo "lo" no me refiero al TRABAJO.

Todavía tengo que empezar a LEER esa ESTÚPIDA NOVELA. ¡¡☹!!

Mi principal temor es que el libro empeore mi grave problema de salud. Verás, soy superALÉRGICA al... ¡ABURRIMIENTO!

Puede pasar que, mientras esté leyendo *Moby Dick*, sufra una GRAVE reacción alérgica por el ABURRIMIENTO extremo que desemboque en un shock anafiláctico.

En realidad, podría... ¡MORIR!

MI MUERTE, DOLOROSA Y SIN SENTIDO,
A CAUSA DEL ABURRIMIENTO PROVOCADO
POR LA LECTURA DE *MOBY DICK.*

¡Entonces la profesora me reprobaría el curso porque no terminé el trabajo!

¡OH! ¡Incluso podría obligarme a asistir a clases de verano para acabarlo! ¡Eso sí que sería HORRIBLE!

Por suerte, estaré MUERTA a causa de mi reacción alérgica. ¡¡☺!!

La verdad es que no tenía ni idea de cómo iba a leer un libro de 672 páginas y escribir un trabajo. Pero estaba DISPUESTA a hacerlo.

Así que agarré mi *Moby Dick* y empecé a leer tan rápido como mis ojos me lo permitieron.

La buena noticia era que, si conseguía leer seis páginas por minuto, habría terminado la novela en menos de dos horas. ¡¡☺!!

Me sorprendió no quedarme dormida ni tener ninguna complicación médica a causa de mi alergia al aburrimiento.

Después de un rato que me pareció una eternidad, mi mente estaba tan exhausta que las palabras parecían manchas en la página. Así que decidí tomarme un descanso de un cuarto de hora.

Sobre todo porque, según mi reloj, había estado

leyendo durante siete minutos. Y sólo llevaba leídas tres páginas.

Después de un cálculo rápido, descubrí algo aterrador.

Al ritmo en que estaba trabajando, iba a tardar TODA LA VIDA en leer el libro. Y eso si NO paraba para descansar, comer, beber agua, dormir o ir al baño.

NO estaba nada contenta con la idea.

Entonces tuve la imperiosa necesidad de arrancar las páginas del libro, una a una, y tirarlas al ESCUSADO mientras saltaba sobre un pie.

¡NO ME PREGUNTES! Estaba mentalmente exhausta.

¿Era tan terrible leer *Moby Dick*?

Hice una lista de...

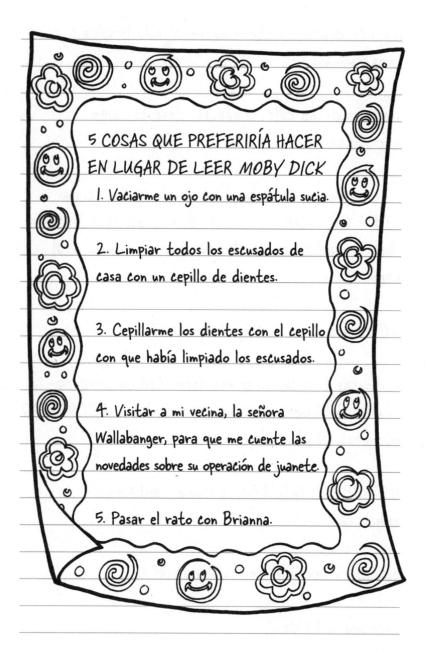

5 COSAS QUE PREFERIRÍA HACER EN LUGAR DE LEER *MOBY DICK*

1. Vaciarme un ojo con una espátula sucia.

2. Limpiar todos los escusados de casa con un cepillo de dientes.

3. Cepillarme los dientes con el cepillo con que había limpiado los escusados.

4. Visitar a mi vecina, la señora Wallabanger, para que me cuente las novedades sobre su operación de juanete.

5. Pasar el rato con Brianna.

¿PASAR EL RATO CON BRIANNA?

No puedo creer que haya escrito eso.

Especialmente después de que me asqueara tanto en la cena de anoche. ¿CÓMO?

Abriendo la boca para mostrame su brócoli con atún a medio masticar. Mientras expulsaba jugo de frutas por la nariz.

¡OH! ¡Fue tan ASQUEROSO que no pude terminar mi comida!

Me dan arcadas solo de recordarlo.

Al final ya no pude más. Cerré *Moby Dick* de un manotazo y lo lancé al otro lado de la habitación, completamente frustrada.

Luego caminé por el pasillo y eché un vistazo a la habitación de Brianna.

"¡Hola, Brianna! ¿Qué haces?"

Estaba tirada en el suelo jugando con sus muñecas.

"La Bruja Malvada ha lanzado a la Princesa
de Azúcar al océano, y el Bebé Unicornio está
intentando rescatarla. Pero no sabe nadar, así que lo
ayuda el Bebé Delfín Mágico", me contó Brianna.

"Suena divertido", dije yo.

"¿Quieres jugar?", me preguntó Brianna emocionada.

"¡Claro!", contesté. Y me senté a su lado en el piso.

Veamos, ¿qué es más importante?

¿Pasar tiempo de calidad junto a mi maravillosa
hermanita...?

¿... o leer *Moby Dick*?

¡Mamá se sentiría orgullosa de mí!

BRIANNA Y YO JUGANDO CON MUÑECAS.

Brianna tomó su Bebé Delfín Mágico y con una voz chillona dijo: "Corre, Bebé Unicornio, salta a Mi

Barco de Ensueño y rescataremos a la Princesa de Azúcar".

Puse al Bebé Unicornio en el barco e hice mi mejor imitación de Alvin, de *Alvin y las ardillas*. "¡Allá vamos! ¡Gracias por ayudarme, Bebé Delfín Mágico! ¿Cómo podré agradecértelo?".

"Puedes venir a mi fiesta de cumpleaños y traer montones de dulces. Celebraré una fiesta con pizza en Queasy Cheesy. Y habrá pastel de chocolate", dijo Brianna muy contenta.

"¡Ooooh! ¡Cielos! ¡Me ENCANTA Queasy Cheesy! Y el pastel de chocolate", ~~dije~~ dijo el Bebé Unicornio.

"Ten cuidado con los tiburones", me advirtió el Bebé Delfín Mágico. "¡Tienen unos dientes muy afilados!".

"¡AAAHHH! ¡TIBURONES! ¡Déjame salir de aquí!", gritó el Bebé Unicornio mientras salía corriendo.

"¡No te vayas, Bebé Unicornio! ¿Quién va a salvar a la Princesa de Azúcar?", sollozó el Bebé Delfín Mágico.

"¡Yo no! ¡Llama al teléfono de emergencias! Los tiburones tienen los dientes muy afilados. ¡Y yo tengo alergia a los dientes afilados!", gritó histérico el Bebé Unicornio.

Brianna se puso nerviosa. "¡Nikki! ¡Tiene que ser como en la PELÍCULA de la Princesa de Azúcar! Pero ¡más DIVERTIDO!".

Entonces se encendió un foco en mi cerebro. ¿BARCO? ¿PESCADO? ¿DIENTES AFILADOS? ¿PELÍCULA?

"¡Brianna! ¡Tengo una idea! ¡Rodaremos una película de verdad! Ve llenando de agua la bañera y yo iré a buscar la cámara de video de papá. ¡Va a ser la locura!".

Brianna gritaba de emoción. "¡SÍ! ¡Voy a ponerme mi traje de baño de Princesa de Azúcar!".

Regresé a mi habitación y eché un vistazo a la tarea de *Moby Dick* que me habían pedido.

Decía así: "Hay que centrarse en dos temas: el significado metafórico de la ballena, Moby Dick, y las trampas del destino. El trabajo puede presentarse por escrito o en cualquier otro formato. ¡SEAN ORIGINALES!".

¡Esas sí que eran BUENAS noticias! Entonces leí rápidamente las últimas páginas del libro de Moby Dick que estaba botado en mi cuarto.

El capitán Ahab me dio un poco de lástima. Estaba tan obsesionado con su venganza que al final se hundió con la ballena cuando estaba a punto de matarla. ¡Literalmente!

Tomé algunos objetos para el decorado. Luego me dispuse a hacer el casting y a repartir los papeles.

Por supuesto, Brianna quería tener el ROL PROTAGÓNICO de la película. Y como ninguno de los actores juveniles de Disney Channel estaba disponible, tuve que ceder y acepté.

REPARTO DE ACTORES PARA LA PELÍCULA DE MOBY DICK.

ISMAEL, narrador y miembro de la tripulación del Pequod, el barco ballenero.

(interpretado por el muñeco Ken)

CAPITÁN AHAB, el loco capitán del Pequod. Completamente obsesionado con matar a Moby Dick después de que la ballena le arrancara una pierna.

(interpretado por la muñeca de la Malvada Bruja del Oeste)

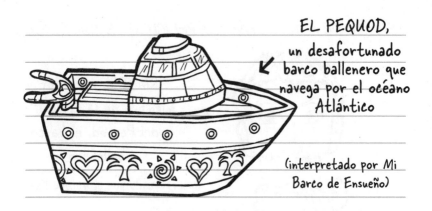

EL PEQUOD, un desafortunado barco ballenero que navega por el océano Atlántico

(interpretado por Mi Barco de Ensueño)

MOBY DICK, la ballena blanca asesina

(interpretado por Brianna Maxwell)

Rodar la peli era todo un desafío. Para simular la tormenta en el océano decidí usar un ventilador.

¡VAMOS ALLÁ! ¡LUCES, CÁMARA, ACCIÓN!

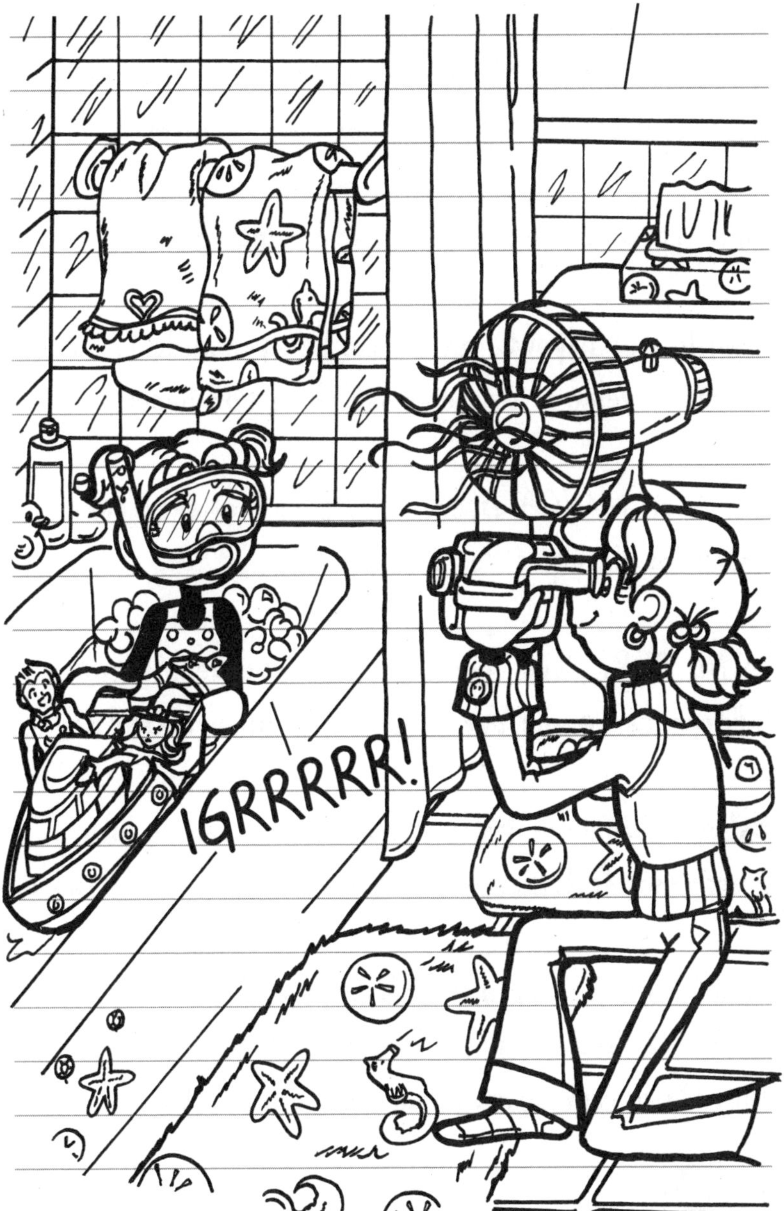
¡GRRRRRR!

Terminamos al cabo de una hora. Creo que mi película quedó muy bien. Especialmente si se tiene en cuenta que trabajé con actores aficionados y sin un centavo de presupuesto. Y que rodamos en interiores.

Solo espero sacar una calificación decente.

Pero lo más importante es que he aprendido la lección sobre los peligros de dejar las cosas por hacer...

¡NUNCA, NUNCA esperes al último momento para hacer los trabajos de la escuela!

¡A NO SER, claro, que tu hermana pequeña pueda interpretar a una buena ballena asesina! ¡GGRRRR!

Estoy pensando en presentar mi video a uno de esos prestigiosos festivales de cine que se celebran en Hollywood.

¡Quién sabe! Tal vez algún día *La Batalla de Moby Dick contra la Princesa de Azúcar a bordo de Mi Barco de Ensueño* se representa en un teatro de tu barrio.

¡¡☺!!

¡GULP! ¡¡☹!!

¡Nunca me había sentido tan HUMILLADA!

Hoy, en educación física, la profe nos dijo que, durante la hora que dura la clase, veríamos la actuación de un grupo muy especial de patinadoras.

Dijo que eran muy buenas y que habían trabajado duro, por lo que merecían nuestro respeto y admiración.

Luego nos contó que ella calificaría cada actuación mientras nosotros las contemplábamos.

Yo estaba tan feliz y aliviada por esa noticia que hice una "danza de la felicidad" de Snoopy en mi mente.

Soy un desastre patinando sobre hielo. Y en lugar de mejorar, juraría que cada vez lo hago PEOR.

Estaba esperando ver llegar a esas patinadoras superdotadas.

Quizás incluso podría aprender un par de cosas de ellas.
Entonces las cosas se TORCIERON.

Nuestra profesora nos pidió a MacKenzie, Chloe,
Zoey y a mí que nos pusiéramos de pie.

Luego anunció que cada una de nosotras realizaría de
forma individual la rutina de patinaje que estábamos
preparando para el Festival sobre Hielo.

Obviamente, MacKenzie, Chloe y Zoey rebosaban de
alegría por poder mostrar sus habilidades sobre el hielo.

¿Y YO? Casi me hago PIPÍ. Cada célula de mi cuerpo
quería alejarse de ahí GRITANDO. Pero, en lugar de
eso, simplemente me encogí de hombros y dije "mm...,
de acuerdo".

Aunque MacKenzie todavía no había decidido a quién
iba a donar el premio, su rutina rozó la perfección.

Sobre el hielo era algo así como una grácil princesa
de la nieve...

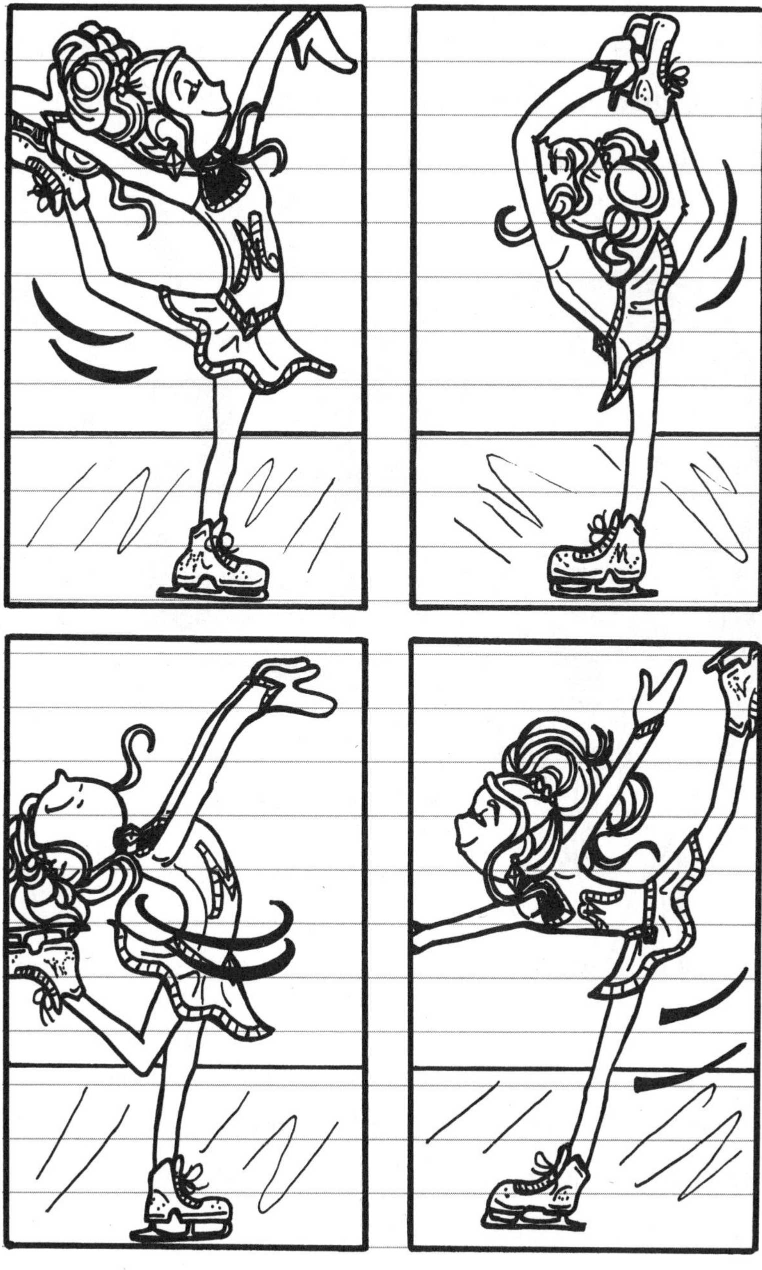

Cuando terminó, todo el grupo se puso de pie para ovacionarla. ¡Y nuestra profesora de educación física le adjudicó una fantástica puntuación de 9.5! Yo estaba verde de envidia.

Ahora era mi turno. Mientras me acercaba a la pista de hielo intentaba mentalizarme. ¡PUEDO HACERLO! ¡PUEDO HACERLO! ¡PUEDO HACERLO! ¡PUEDO HACERLO!

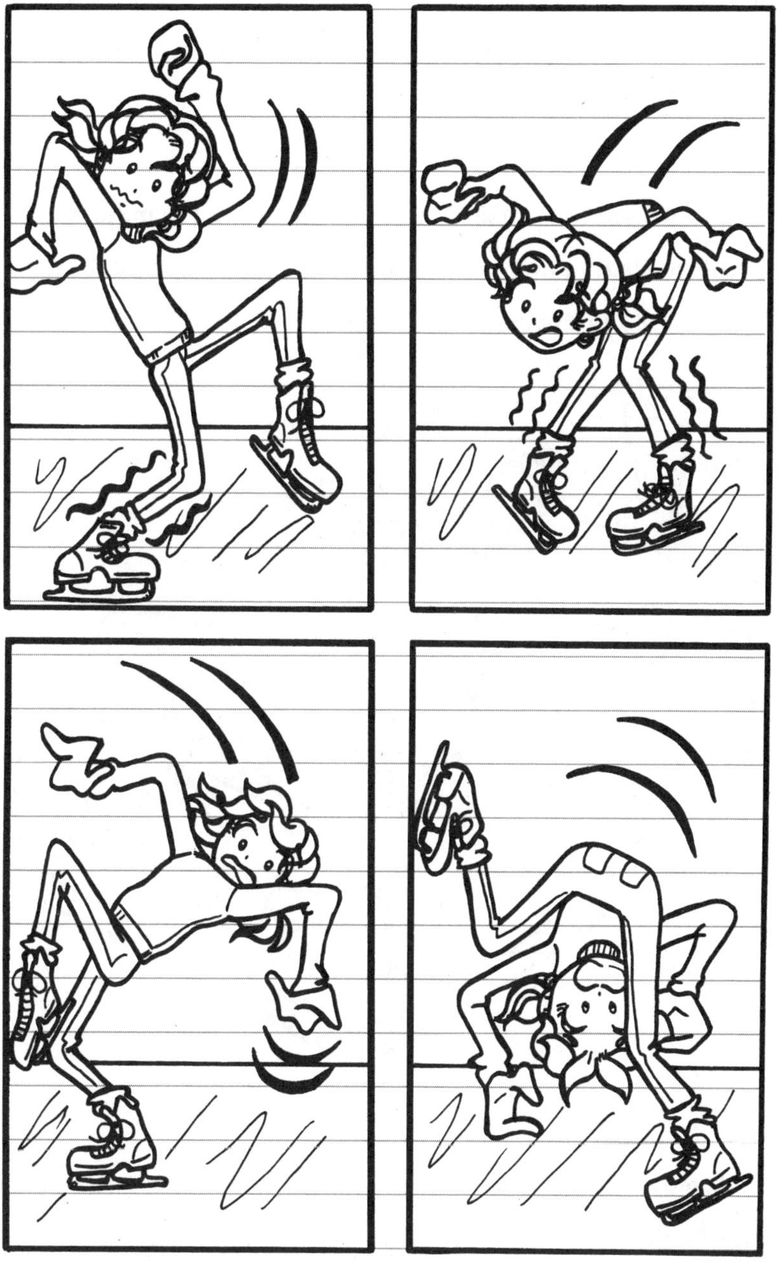

Terminé mi rutina dando un tropezón y resbalando en el hielo para caer sobre mi panza como si fuera un disco de hockey humano.

Y justo cuando pensaba que la rutina de patinaje no podía ir peor, choqué contra una portería de hockey y esta me cayó encima, atrapándome en su interior...

... como si fuera una especie de LANGOSTA GIGANTE con brillo de labios, aretes de argolla y patines.

Por supuesto, todos los alumnos se levantaron, gritaron "¡GOOOOOL!" y chocaron las manos.

Creo que todo el grupo se reía de mí. ¡Tenía muchas, muchísimas ganas de llorar! No sé qué me dolía más, la panza o el amor propio.

Entonces, para empeorarlo todo aún más, vi mi calificación...

¡No podía creer que la profesora de educación física me hubiera puesto un MENOS CUATRO!

No soy árbitro profesional ni nada de eso. Pero ¡cualquier IDIOTA sabe que no hay puntuaciones NEGATIVAS en patinaje artístico!

¡Estaba TAN enojada! De hecho, le reclamé a la profesora delante de todo el grupo.

"¡Oye, socia! ¡Me gustaría ver CÓMO paseas tu VIEJO TRASERO por el hielo y no te ROMPES LA CADERA o algo!".

Pero esto solo lo dije en el interior de mi cabeza, de manera que nadie lo oyó excepto yo.

Chloe y Zoey vinieron corriendo a ayudarme y me preguntaron si me encontraba bien.

Les dije que sí, ¡gracias! Entonces me fui directo al vestidor de chicas y empecé a escribir en mi diario personal.

Estoy segura de que a Chloe y a Zoey les saldrán bien sus rutinas.

¡Así el grupo se levantará para dedicarles una ovación y la profesora les dará una calificación superalta, como a MacKenzie!

Esto es porque las tres son patinadoras realmente buenas.

¡No como yo!

Pero no estoy celosa de ellas ni nada.

Es decir, ¡eso sería SUPERINFANTIL!

¡LO SIENTO! Pero ¡no puedo seguir con esto!

¡¡RENUNCIO!!
¡¡☹!!

Me sentía realmente horrible por renunciar cuando había tanto en juego para Brandon y sus abuelos.

Pero solo faltaban once días para el espectáculo. Era imposible que mejorara lo suficiente para NO hacer un RIDÍCULO total.

La directora del espectáculo es la patinadora artística Victoria Steel, una famosa medallista de oro en los Juegos Olímpicos.

Chloe me dijo que es superestricta. Les grita a los patinadores cuando se caen, aunque se trate de un espectáculo benéfico. ¡Y el año pasado llegó a expulsar a una patinadora porque dijo que era una vergüenza!

Si me quedaba en el equipo por los Fuzzy Friends existía el peligro de que nos expulsaran del espectáculo y perdiéramos los 3000 dólares que necesitábamos para mantener abierto el refugio.

No podía correr ese riesgo.

Ayer MacKenzie AÚN necesitaba una causa benéfica.
Así que lo maduro y responsable sería SUPLICARLE
que ocupara mi lugar y patinara para los Fuzzy
Friends.

Realmente, no tenía alternativa.

Era la ÚNICA manera que tenía de ayudar a Brandon.

¡Y SÍ! ¡Me sentía FATAL!

¡Sobre todo tenía miedo de que él pensara que soy
una NIÑITA inmadura, indisciplinada, egoísta, sin
talento ni gracia!

Tenía previsto explicárselo todo mañana y después
darles la noticia a Chloe y Zoey.

Pero Brandon se presentó hoy en la biblioteca cuando
estaba trabajando.

Chloe y Zoey acababan de salir para recoger unas
cajas de libros nuevos en la oficina, y en el escritorio
solo estaba yo.

AQUÍ YO SIN DARME CUENTA DE QUE BRANDON
ESTÁ ESPERANDO, MIRÁNDOME MIENTRAS
ESCRIBO EN MI DIARIO.

"¡Oye, Nikki!".

"¡Oh, Dios mío! ¡Hola! ¡No me había dado cuenta de que estabas aquí!".

"¿Cómo va el patinaje?".

"Uy, de hecho quería hablarte de eso. Debería decirte algo. Y esperaba que tú se lo dijeras a Betty".

"¿De verdad?", dijo Brandon con una sonrisa. "Es divertido, porque justamente tengo que decirte algo de parte de ella".

"¿Sí? Vaya, tú primero", dije.

"No tengo ninguna prisa. Primero tú".

"¡No! ¡TÚ!".

Me quedé mirándolo y él se quedó mirándome a mí.

"¡ESTÁ BIEN! Yo primero", dijimos los dos a la vez.

Entonces nos reímos.

"Me rindo, Maxwell. ¡Tú ganas! Empezaré yo..."
Brandon soltó una risita ahogada.

Entonces se agachó y agarró una bolsa que estaba en
el piso.

"Betty me pidió que te diera esto. Dice que no podría
mantener el refugio abierto sin tu ayuda, y esto es
una pequeña muestra de su gratitud".

Brandon se apartó el fleco de los ojos y me dedicó
una gran sonrisa.

Yo miraba la bolsa y luego a Brandon y luego la bolsa
y luego a Brandon otra vez.

"¿Y bien?", dijo Brandon, sosteniendo la bolsa delante
de mí. "¿Por qué no la abres? Se supone que tengo
que asegurarme de que te gusta".

Mientras aceptaba la bolsa me salió una sonrisa
completamente lela y me puse roja como un tomate.

Aunque por fuera estaba sonriendo, por dentro
estaba hecha un lío tremendo.

¿Cómo se suponía que iba a decirle a Brandon que lo
dejaba cuando Betty acababa de enviarme lo
que parecía un regalo de agradecimiento?

En el interior de la bolsa había una pequeña caja envuelta en papel de regalo. El papel tenía fotos de cachorros preciosos con listones rojos. Como nuestras fotos de la Gran Escapada de Cachorros.

Pero entonces lo miré de cerca. ¡Eran nuestras FOTOS! Brandon las había impreso sobre papel de regalo.
"¡OOOOOOOH! ¡Qué lindo!", dije.
Rasgué el papel de regalo y dentro había un DVD de la película de Disney *La dama y el vagabundo*.

"¡Oh, Dios mío, Brandon! ¡Cuando era pequeña era mi película favorita! ¡Es PERFECTA!".

"¡Estaba deseando que te gustara!" Brandon sonrió.

"¡Y me gusta! ¡Y a Brianna seguro que también le encanta!".

Brandon se cruzó de brazos, se inclinó sobre el escritorio y me miró fijamente.

"¡Ah, sí!... ¿Qué me querías decir?", preguntó.

¡GENIAL! ¡¡☹!! ¡Justo en ese momento me sentí como una idiota total!

"Bueno, yoooo..., digo que... mmm...", tartamudeé.

¿QUIÉN hubiera abandonado a su suerte a una pobre señora que debía salir adelante con un nieto huérfano, un marido enfermo y dieciocho animales sin techo DESPUÉS de un regalo tan maravilloso?

¡Solo lo haría una SERPIENTE sin corazón!

"De hecho, es algo sobre MacKenzie".

Vacilé, mirando nerviosamente al suelo.

"Es muy buena patinadora, y estaba pensando que...".

"Escucha, Nikki. ¡No te preocupes por MacKenzie! Ha estado merodeando por ahí intentando que Betty cambiara de opinión. Pero a Betty le gustan tú, Chloe y Zoey. Además, hoy en clase escuché cómo MacKenzie le decía a Jessica que iba a patinar para una escuela de moda o algo así".

Me quedé estupefacta al oír que finalmente MacKenzie había encontrado una asociación.

"¿Una escuela de moda? ¡Estás bromeando!", exclamé. "Espera, no me digas que...".

Me puse una mano en la cadera e intenté imitar a MacKenzie lo mejor posible.

"¡Cariño, mi superobra de caridad es del Instituto Westchester de Moda y Cosmética, que, por cierto, es propiedad de mi tía Clarissa!".

"Sí, de hecho, creo que es EXACTAMENTE lo que dijo. Es propiedad de su tía... ¿Clarissa?". Brandon parecía divertido.

"¡Sí! Te apuesto lo quieras a que MacKenzie convenció a su tía para empezar una nueva obra de caridad que sirva para embellecer nuestra ciudad. Se pondrá en las esquinas y ofrecerá vestidos de diseñador a los discapacitados en materia de moda", bromeé.

Esta chica es tan INCREÍBLEMENTE creída...

MACKENZIE

EMBELLECIENDO LA CIUDAD.

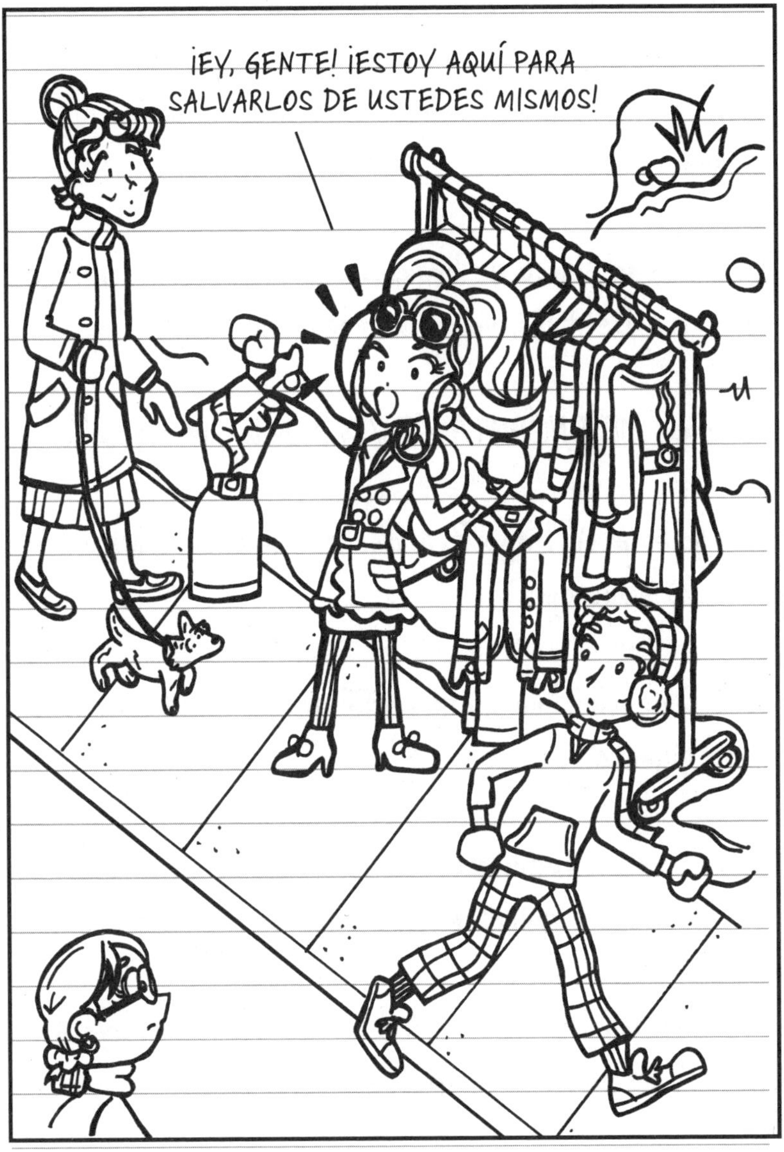
¡EY, GENTE! ¡ESTOY AQUÍ PARA SALVARLOS DE USTEDES MISMOS!

Gracias a su tía Clarissa, MacKenzie salía completamente de escena. Lo que significaba que mi trasero magullado y YO volvíamos a entrar.

Necesitaba pasar al plan B. Solo que no tenía ninguno.

Brandon se cruzó de brazos. "Bueno, entonces, ¿qué le digo a Betty?", volvió a preguntar.

"Dile que ME ENCANTA el DVD, Brandon. ¡Y gracias!".

"¡Gracias a ti!", dijo Brandon dulcemente y me miró directo a los ojos.

¡Oh, Dios mío! Imagínate un Síndrome de la Montaña Rusa gigante.

Sentí que las rodillas se me aflojaban y empezaban a temblar, y ni siquiera estaba patinando sobre hielo.

Brandon miró su reloj: "¡Ay! Será mejor que vaya a clase. Vine con un permiso para ir al baño...".

Me dedicó otra de sus sonrisas y yo intenté no desvanecerme. Con mucho esfuerzo.

Cuando Brandon salió, me dejé caer sobre la silla.

¡Esto estaba MAL!
¡Muy muy MAL!

Pero cuando toqué otra vez mi nuevo DVD de La dama y el vagabundo empecé a sentirme mejor.

Probablemente porque en la carátula aparece mi escena favorita. Ya sabes cuál es.

¡El famoso BESO DE ESPAGUETI!

Aquí es cuando empecé a preguntarme si a Brandon le gustan los espaguetis.

¿Qué pasaría si en nuestra primera cita fuéramos a un pequeño restaurante italiano muy pintoresco y compartiéramos un plato de espagueti? Estaríamos...

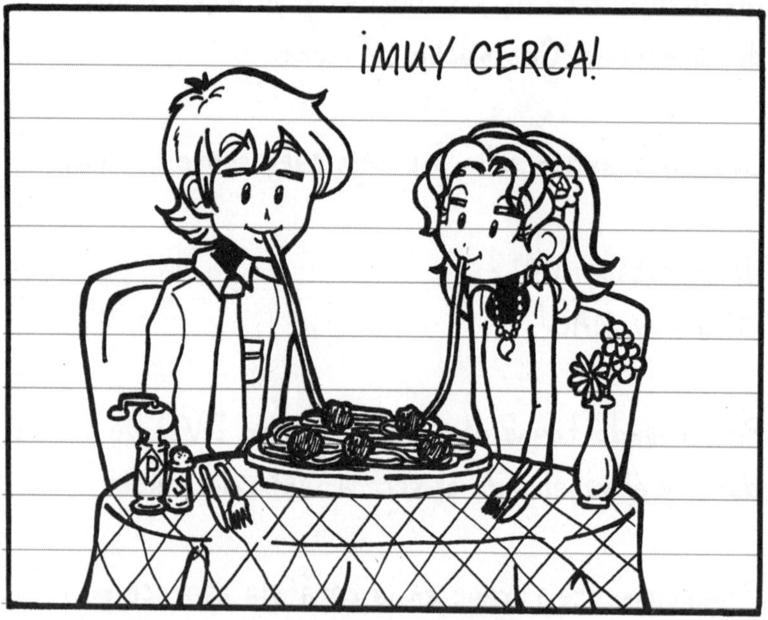
¡MUY CERCA!

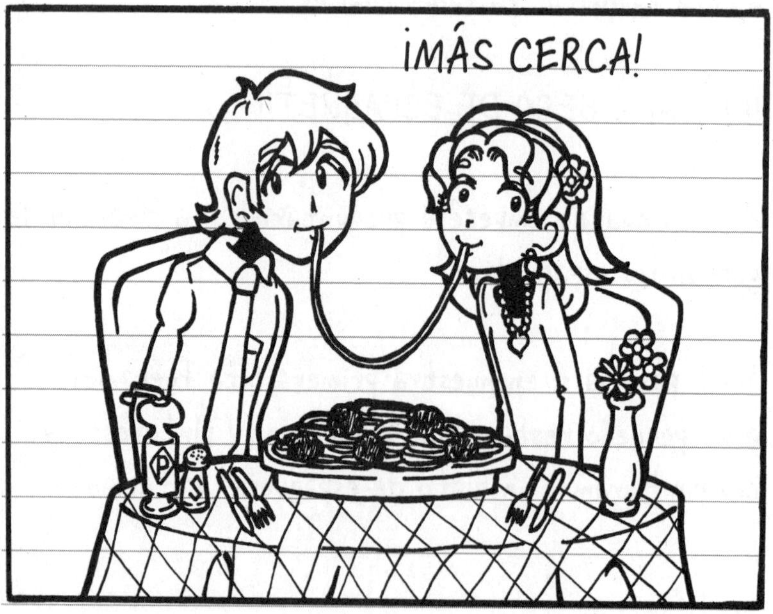
¡MÁS CERCA!

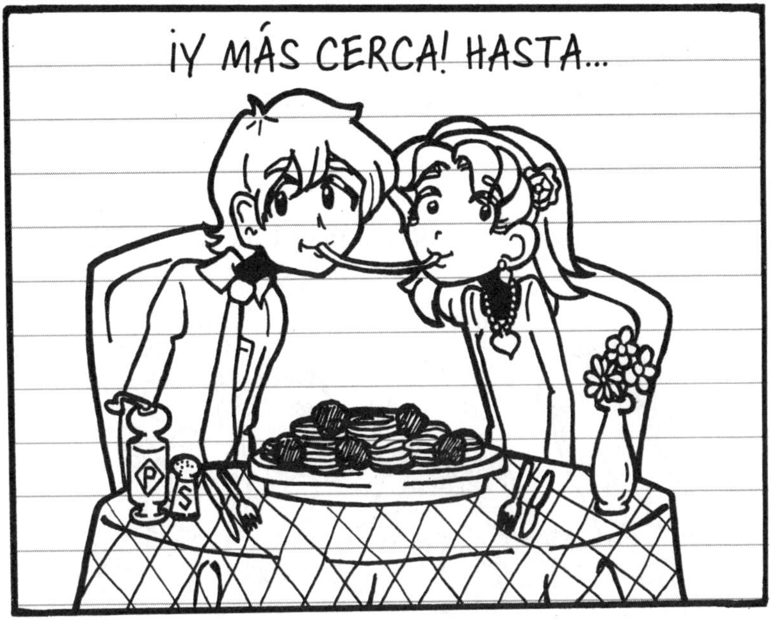
¡Y MÁS CERCA! HASTA...

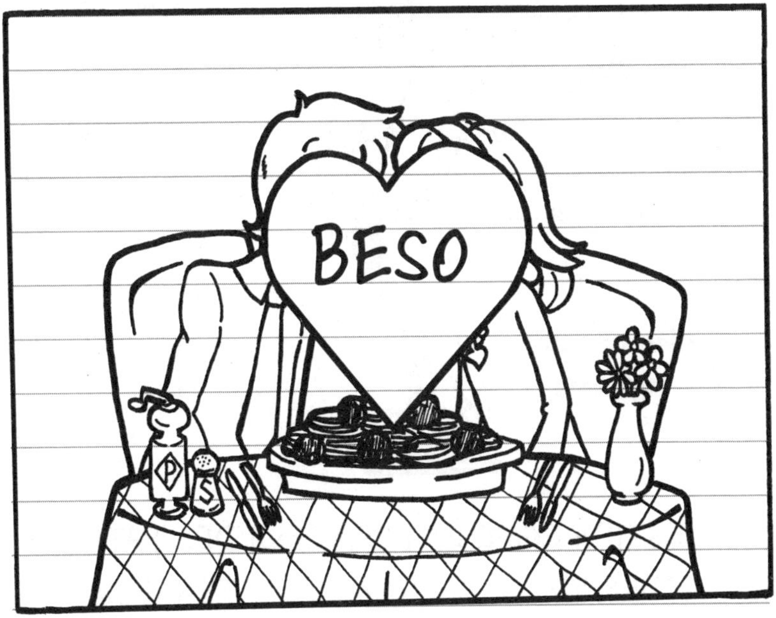
BESO

¡¡GUAAAU!! ¡¡☺!!

¡Oye! Podría ser, ¿no? Mmmm... Me pregunto cuánto deben de costar las clases de un profesor privado de patinaje artístico...

¡YO VESTIDA COMO UNA PRINCESA DEL PATINAJE SOBRE HIELO JUNTO A MI ENTRENADOR!

¡Hoy fue el último día de clases! ¡O sea, que estoy oficialmente de vacaciones! ¡YUJUUUUU! :-)

¡Las de Navidad son mis vacaciones favoritas del mundo mundial! ¿POR QUÉ?

Porque recibes un montón de regalos Y tienes unas vacaciones escolares superlargas. Es como tener el cumpleaños y unas minivacaciones de verano a la vez.

¿Puede haber algo MEJOR?

Lo único malo es que, cuando llegas al bachillerato, la mayoría de los padres dejan de dar regalos.

Cada año me regalan las mismas tonterías: pijamas, calcetas, turrones y un cepillo de dientes eléctrico sin pilas (¡BAH!).

¡Qué ASCO! Tengo un inventario tan amplio de regalos horribles que podría abrir mi propia TIENDA DE CACHIVACHES...

Pero ¡ESTE año va a ser diferente! Espero
que ayude el hecho de haber dejado pegadas
"accidentalmente" varias copias de mi lista de deseos
por todas partes para que las encuentre mamá.

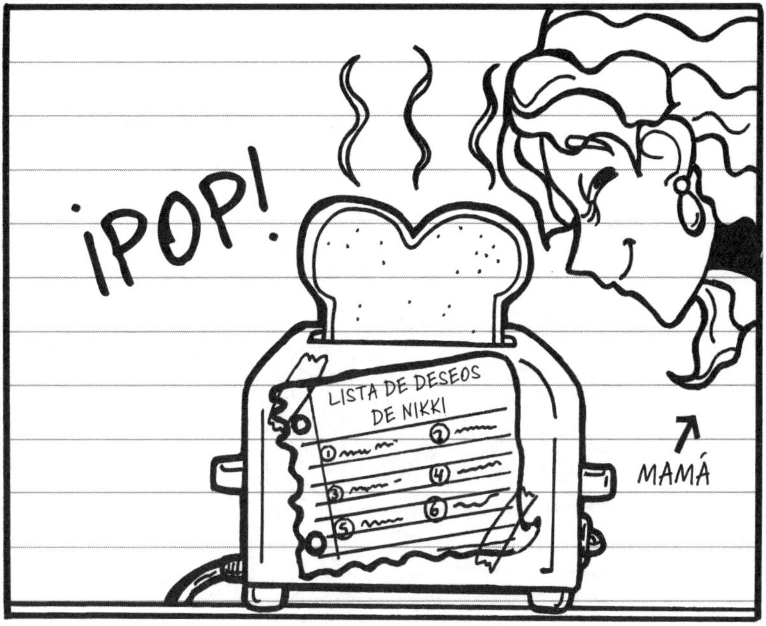
¡POP!
LISTA DE DESEOS DE NIKKI
MAMÁ

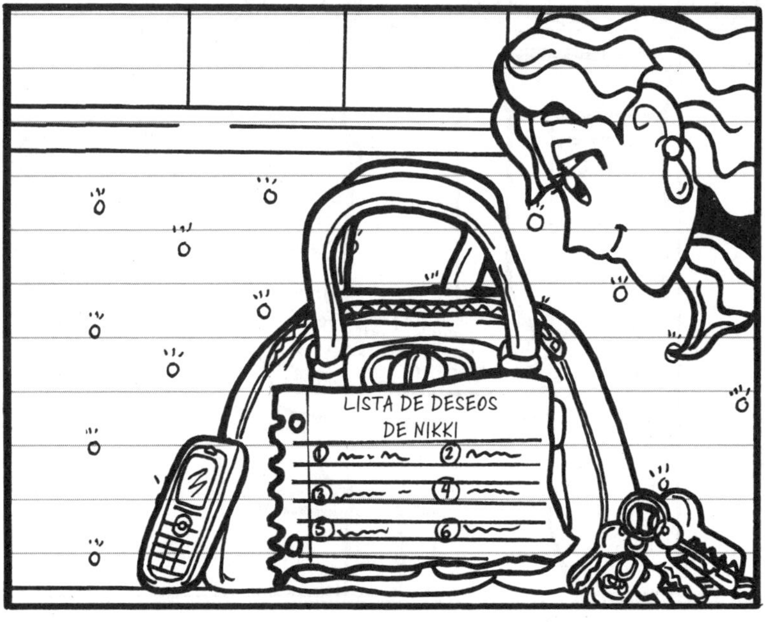
LISTA DE DESEOS DE NIKKI

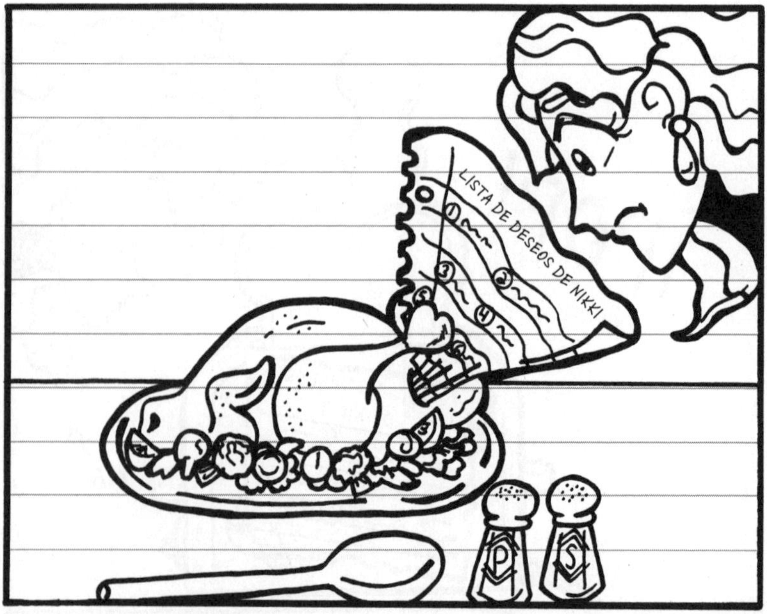
LISTA DE DESEOS DE NIKKI

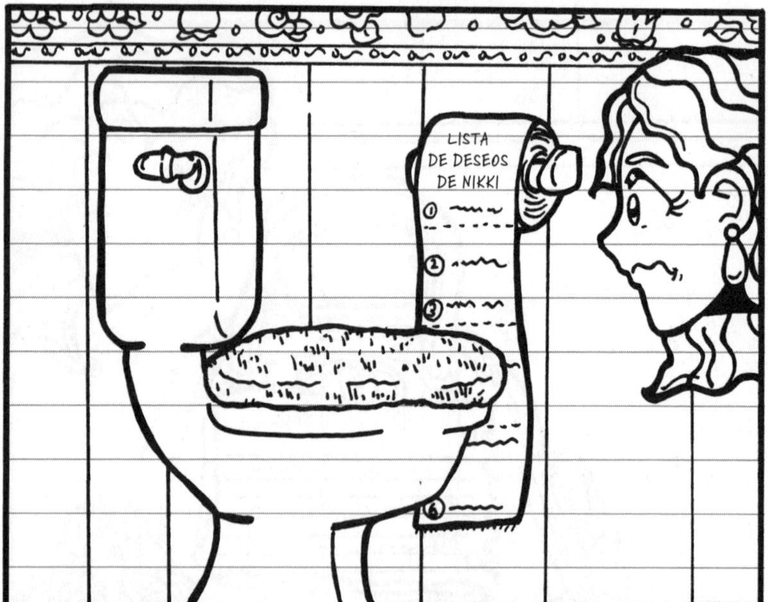
LISTA
DE DESEOS
DE NIKKI

Estoy segura de que le resultó más divertido leer mi lista de deseos que esos ejemplares atrasados y llenos de polvo del *Reader's Digest* que papá guarda en el baño.

En fin, que cuando mamá dijo que no tenía UNO sino DOS regalos de Navidad anticipados para que Brianna y yo los abriéramos, me sorprendí.

Si hubiera sabido que mi estrategia de marketing brillante y descarada iba a funcionar tan bien, la habría utilizado hace años.

El mayor de los regalos era TAN grande que me imaginé que seguramente era mi nueva laptop, un celular, frascos de pintura y dinero.

"Espero que sea un pastel de chocolate", gritó Brianna superalterada. "Tendré un pastel de chocolate de la Princesa de Azúcar para mi cumpleaños".

Abrimos nuestros regalos a la vez. Casi ME DESMAYO al ver de qué se trataba...

"¡¡MAMÁ!! ¿QUÉ TE PASA...?
¿UN VESTIDO DE LA PRINCESA DE AZÚCAR?".

Parece que mamá le pagó a nuestra vecina, la señora Wallabanger, para que nos hiciera estos vestidos asquerosamente cursis de la Princesa de Azúcar PARA CADA UNA.

En ese momento mamá se puso sentimental y llorosa.

"¡Niñas, lo mejor será mañana, cuando se pongan estos preciosos vestidos para un acontecimiento MUY especial!".

No podía creerlo: "¡Mamá! ¡¡¿¿Estás LO-CA??!!"

Pero solo lo dije dentro de mi cabeza, así que nadie más pudo oírme.

Esperaba que el acontecimiento en cuestión fuera en un basurero, un garage abandonado o una planta de tratamiento de residuos. ¡Cualquier lugar en el que fuera a haber un número limitado de formas de vida que pudieran verme con ese vestido tan FEO!

Mamá soltó unas risitas y nos pidió que abriéramos nuestro segundo regalo. Al ver su tamaño diminuto, tuve la esperanza de que fuera una caja de cerillas para poder quemar mi vestido nuevo. ¡No hubo suerte!

"¡¡SORPRESA!! ¡Para nuestra Hora En Familia, vamos a ir a ver *El Cascanueces*!", exclamó mamá.

¡Me frustró TANTO que hubiera querido gritar!

"¡AAAAAHHHHH!"

i¿POR QUÉ mi mamá me regala un vestido FEO y un boleto para un ballet ABURRIDÍSIMO, cuando llevo siglos ROGÁNDOLE que me compre un CELULAR NUEVO?!

¿Es que ni siquiera se ha MOLESTADO en LEER las veintisiete copias de mi lista de deseos que dejé diseminadas discretamente por toda la casa?

Si tengo que tragarme una obra de teatro, al menos pido que tenga unas canciones increíbles, bailarines que te mueres, efectos especiales, solos de guitarra macrorruidosos y cantantes que se tiran sobre el público.

Esto NO se me antoja NADA.

Si lo que mamá quería era TORTURARME, me hubiera dejado en casa CUIDANDO a BRIANNA o hubiera puesto la música disco RIDÍCULA de papá hasta que me SANGRARAN LOS OÍDOS.

Digo yo...

¡¡☹!!

SÁBADO, 21 DE DICIEMBRE

Acabo de mirarme en el espejo de mi habitación y no puedo creerlo.

¿Cómo es que acabé así?

ODIO ese horroroso vestido aún MÁS que ayer.

Había decidido que ya era el momento de emprender acciones legales. ¡Iba a denunciar a mis padres por ser CRUELES con sus hijas!

"¡Niñas!", gritó mamá alegremente.

"¡Me muero de ganas de ver lo guapas que están con sus nuevos vestidos!".

Me ajusté el listón del cabello, tan grande como una gaviota. Bueno, de las pequeñas.

Parecía una de esas siniestras muñecas victorianas de porcelana que venden en las tiendas de antigüedades.

YO DE SINIESTRA
MUÑECA VICTORIANA
DE PORCELANA.

Para colmo de males,
los zapatos del
disfraz estaban
destrozándome los pies.
Me moría por ponerme
mis tenis viejos.

Ya me parecía
bastante desolador
tener que
tragarme dos
horas de una
BOSTEZOPARTY.

Por lo menos
tener los
pies bien
cómodos, ¿no?

Brianna, mamá y yo llevábamos vestidos rojos y listones a juego, y papá se puso un traje negro con una camisa roja y una enorme y vistosa corbata roja con topos blancos.

Me vi de reojo a mí y a ellos en el espejo del comedor y por poco me desmayo.

Parecíamos una familia de..., eh..., PAYASOS DE CIRCO... vestidos para un... ¡FUNERAL DE PAYASOS... o algo por el estilo!

Solo nos faltaban...

1—Unas pelotitas de hule para papá.

2—Una de esas flores de broma que echan agua para mamá.

3—Una enorme trompeta de plástico para Brianna. Y...

4—Un cochecito de payaso para mí, para arrancarlo y alejarme de mi familia de tarados.

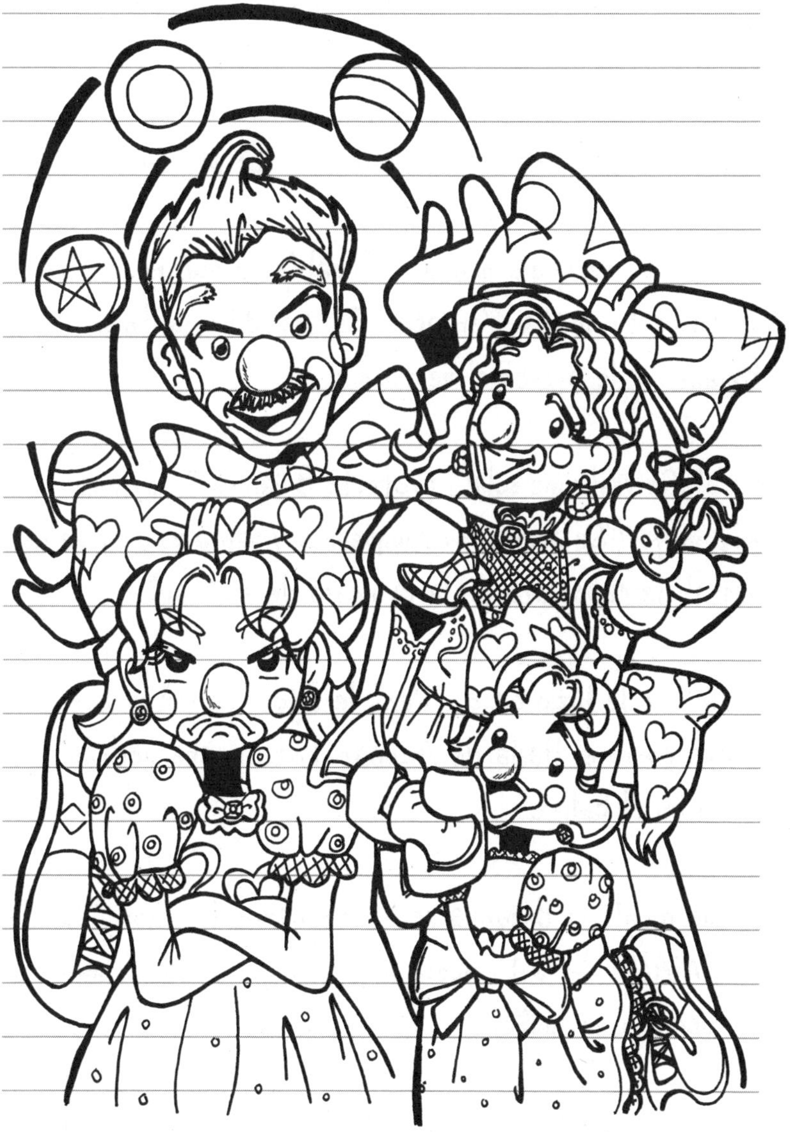

¡LLEGAN LOS PAYASOS!

Por alguna razón, el vestido de Brianna le quedaba un poco raro.

Quizás fuera porque se lo había puesto al revés. ¡PUF!

"Brianna", se quejó mamá. "Ya sabía yo que no podías vestirte tú solita. Ven acá". Se arrodilló junto a Brianna y le ajustó el vestido.

"¡No! ¡Sé vestirme sola!", protestó Brianna. "¡Soy una niña mayor! Se acerca mi cumpleaños y van a regalarme un pastel de chocolate de la Princesa de Azúcar".

Mamá no le hizo caso. "Ven", le dijo, "ya estás tan guapa como el Hada de Azúcar. Esta noche podrás verla en el ballet".

"¡Qué bien!" A Brianna se le iluminaron los ojos. "¿Es la HERMANA de la Princesa de Azúcar?". Papá y mamá se hicieron un guiño.

"Es muy probable", dijo mamá. "Vamos a verlas a ella y a sus amigas bailarinas, que llevan trajes preciosos. Será muy divertido. Ya verás".

"Nikki, ¿me cuentas la historia de la hermana de la Princesa de Azúcar? ¡Por favor!", me suplicó Brianna.

Puse los ojos en blanco. Es una historia complicada. Y Brianna tiene tanta capacidad de concentración como un pastel de papas.

¿?¡!

PASTEL DE PAPAS

← BRIANNA

"Bueno, a su amiga Clara le regalan un juguetucho, su hermano lo rompe, entonces cobra vida, en la casa se produce una invasión de ratas que bailan y visitan un país lleno de caramelos y postres. Y entonces va el perverso Rey de las Ratas y se apodera de su mundo", murmuré.

"¿CARAMELOS y POSTRES?", gritó Brianna, sin escuchar absolutamente nada de todo lo que le había

contado sobre el malvado y las ratas bailarinas.
"¿Crees que tendrán pastel de chocolate?".

"Tienen todos los pasteles que puedas imaginarte",
añadió mamá soñadoramente. "Las flores, los árboles
y los castillos están hechos todos de caramelo.
Suena maravilloso, ¿no es cierto?".

Nos apretujamos en el coche y al cabo de una media
hora llegamos a un teatro enorme, muy lujoso.

Todo el mundo se había arreglado mucho, lucían
trajes y vestidos elegantes.

Mamá se las había ingeniado para que tuviéramos
asientos muy cerca del escenario. Pero adivina a
quién le tocó sentarse junto a Brianna. ¡¡Sí, claro,
a MÍ!!

Creo que papá y mamá lo hicieron a propósito, porque
mientras la orquesta afinaba, se levantaron para ir a
hablar con unos amigos.

Pero bueno, ¿QUIÉN se han creído que soy? ¡¿Mary Poppins?! ¡¿La Supernanny?!

Mientras esperábamos, Brianna empezó a dar patadas en el asiento de adelante. También cantaba una canción supermolesta que acababa de inventarse:

"Caramelos, galletas y golosinas.
Cuidado, señor Ratón,
si me toca el pastel de chocolate,
yo le daré con un bastón."

Un hombre que llevaba un esmoquin se dio la vuelta y nos echó A LAS DOS una mirada mortífera.

¡Vaya tontería, porque no era yo la que cantaba y le daba patadas a su asiento!

"Brianna", le susurré, "deja de darle patadas a la butaca de ese hombre. ¡Y cállate!".

"¡Eh, señor Calvo! ¿Cómo le hace para que la cabeza le brille tanto? ¡Oiga! Llevo un vestido nuevo. Y en la fiesta de mi cumple van a traerme un pastel de…".

BRIANNA HABLANDO CON EL SR. CALVO Y PEGÁNDOLE PATADAS A LA BUTACA.

"¡Brianna! ¡Cállate!", le dije.

Mamá y papá regresaron por fin a sus asientos y se apagaron las luces del teatro.

Pero a estas alturas Brianna ya estaba mortalmente aburrida.

Cuando comenzó a tocar la orquesta, parece que decidió que era la música perfecta para su cancioncita, porque comenzó a cantar a todo pulmón:

"Caramelos, galletas y golosinas.
Cuidado, señor Ratón...".

"¡Shhh!" Al menos, una docena de personas la hicieron callar y le pusieron mala cara.

Me hundí en el asiento y fingí que no formaba parte de aquella familia.

Entonces fue cuando mamá nos echó A LAS DOS la Mirada de la Muerte.

Aquello no tenía ningún sentido. Yo no era la que cantaba sobre un RATÓN, muy alto y desafinando.

Durante todo el primer acto Brianna estuvo retorciéndose en su asiento y dándole patadas al asiento de adelante.

Pero al menos se calló.

Por suerte.

Hasta que aparecieron el malvado Rey Ratón y sus compinches.

Entonces Brianna se levantó sobre el asiento, señaló el escenario y comenzó a gritar:

"¡WAAAAALA! ¡Las ratas bailarinas son ENORMES! ¿Y saben qué? ¡Mi hermana tenía un disfraz de Halloween como ese! ¿Verdad, Nikki? Pero ¡el tuyo apestaba de verdad...!".

BRIANNA CANTÁNDOLES A LAS RATAS.

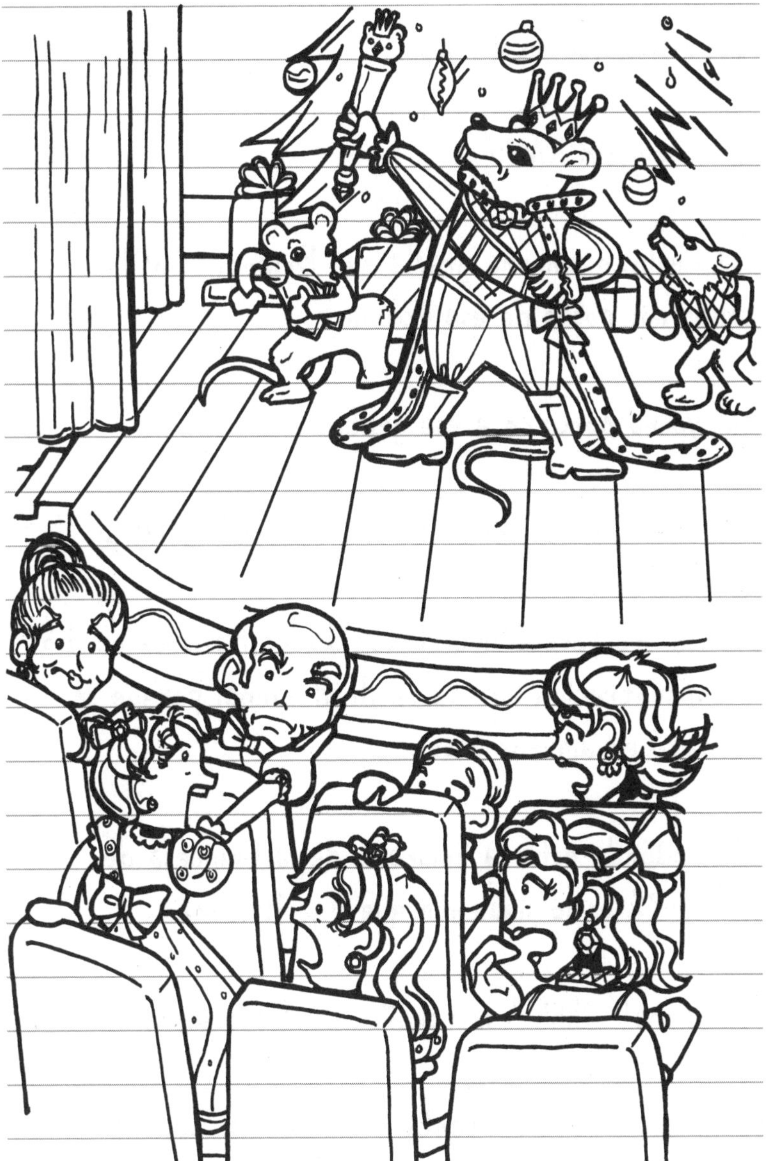

Todo el público volteó y nos vio feo.

¡Cielos! ¡QUÉ vergüenza!

¡Quería MORIRME!

NO me hizo ninguna gracia que Brianna ventilara todas mis cosas de esa forma.

Eh, yo no conozco a esa gente.

Son, mmm, unos ¡completos... DESCONOCIDOS!

En fin, me parece que el Rey de los Ratones perdió la concentración por causa de Brianna, porque se equivocó en algunos pasos.

"Eh, ¿dónde está la hermana de la Princesa de Azúcar?", es lo siguiente que dijo Brianna.

"¡Brianna! ¡Shhh!", la regañó mamá con un susurro.

"Nikki, por favor, intenta hacer que se calle tu hermana, ¿sí?", me pidió papá suspirando.

"Lo estoy intentando. Pero ¡NO me hace caso!", le respondí un poco alto.

Vaya. Me olvidé de poner la voz "interior".

"¡¡SHHH!!". Al menos una docena de personas me mandaron callar.

Por fin bajaron el telón y se encendieron las luces para el intermedio.

¡OH, Dios! Me pareció que todo el público nos miraba con cara de odio.

"Por eso no hay que llevar a los niños al teatro", le "susurró" muy alto el calvo del esmoquin a su esposa, y después soltó unas cuantas palabras no demasiado amables.

Brianna volvió a tocarlo en el hombro.

"Eh, ¡señor Calvito! ¿Vio los ratones del escenario? ¡Qué miedo!".

Y eso fue el colmo para el del esmoquin.

Se puso rojo como un tomate, se levantó, salió a buscar a un acomodador y le exigió que los cambiara de asiento a él y a su esposa.

Me hubiera gustado agarrarlo de las solapas, arrodillarme y suplicarle desesperadamente: "Por favor, caballero, lléveme con usted, ¡por favor!".

"¡Vuelvo enseguida!", les dije a mis padres. "Voy a buscar agua. O a alguien que me lleve a casa, con un poco de suerte".

"¡Espérame, Nikki! ¡Yo también quiero iiiiiiir!", lloriqueó Brianna.

"¡Vuelvo enseguida, Brianna!".

"Pero ¡tengo que ir al baño!".

"Nikki, ¿puedes acompañar al baño a tu hermana? Por favor", me pidió mamá.

¡¡MALDICIÓN!!

Hubiera querido discutir con mamá. Pero sabía que si a Brianna se le salía la pipí mientras discutíamos, mamá me echaría la culpa.

Y estaba segura de que en el puesto de souvenirs NO venden pañales de su tamaño.

"¡Vamos, Brianna!", le gruñí.

"¡Gracias, cariño!", me sonrió mamá. "Te lo agradezco".

Una vez en el baño, intenté tener paciencia con Brianna.

"Anda, date prisa, ¿sí? El segundo acto está a punto de comenzar, y queremos llegar a nuestros asientos antes de que apaguen las luces".

"¡No me apures!", me dijo Brianna y me sacó la lengua.

¡CHISPAS MIRA ESTE PAPEL DE BAÑO!

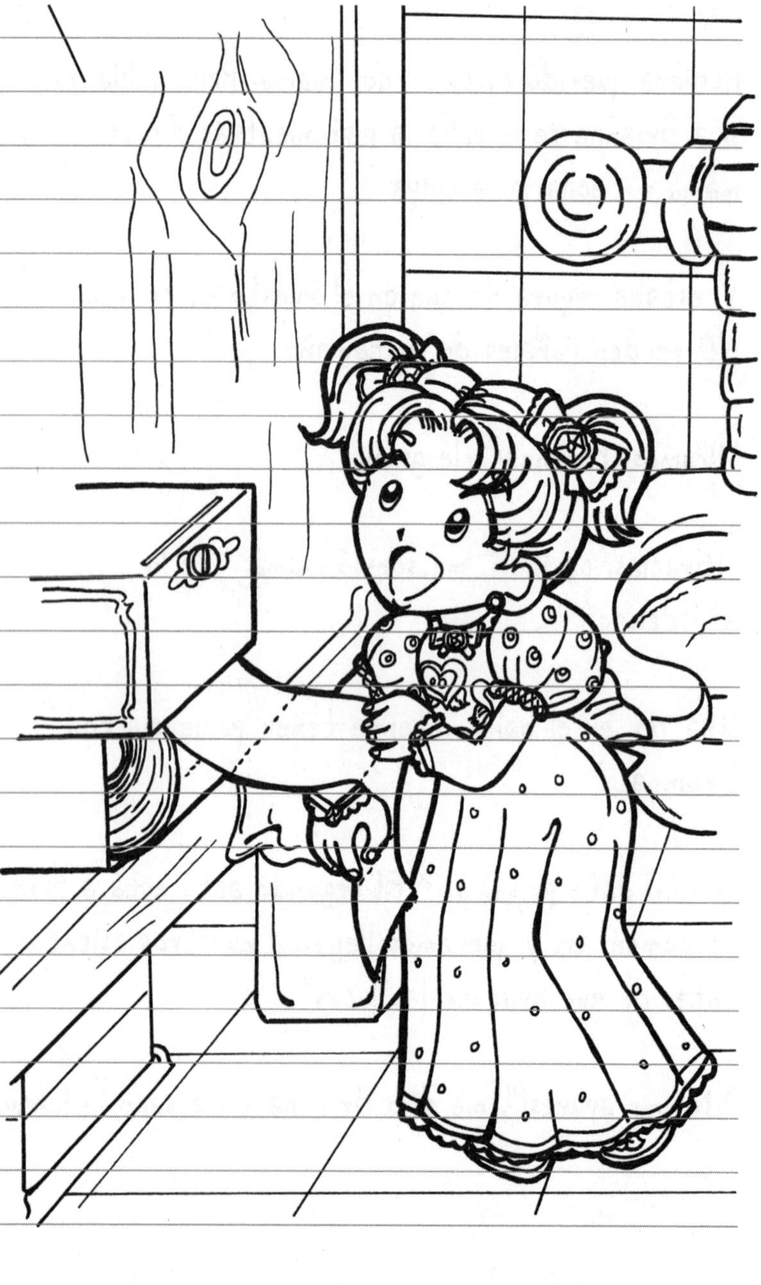

"¡Oh, qué lindo! Puedo fingir que me rompí el brazo y vendármelo", gritó toda feliz.

"¡Genial!", suspiré yo.

¡Nos íbamos a demorar AÑOS!

Esperé tres larguísimos minutos.

"Brianna, ¿ya acabaste?".

"Casi. Ahora estoy envolviéndome el cráneo fracturado".

"¡¿El cráneo QUÉ?! Brianna, ¡VÁMONOS! ¡YA!".

"Pero ¡si AÚN no he ido al BAÑO!".

"¡Perfecto! Te espero en la banca que hay al lado de la puerta. Cuando acabes, lávate las manos y sal enseguida, ¿sí?".

"¡Bueno! Mmm, Nikki, ¿no tendrás... pegamento?".

Nota mental: Si en algún momento de mi vida

mamá me pide OTRA VEZ que lleve a Brianna al baño, ¡ME SALGO CORRIENDO!

No llevaría sentada en la banca más de un minuto cuando me di cuenta de que había una larga fila de personas que querían comprar uno de los finos cupcakes que exhibían en una bonita vitrina al otro lado del vestíbulo.

Puede que el parloteo incesante de Brianna sobre el pastel de chocolate me haya afectado el subconsciente o algo.

Porque casi pude oír cómo los cupcakes con doble caramelo me llamaban por mi nombre.

Muy pronto la fila se redujo a un par de personas y a Brianna no se le veía por ninguna parte.

Por eso decidí salir corriendo a comprar un cupcake.

¿Qué culpa tenía yo de que llevar a Brianna al baño me hubiera provocado un apetito tremendo?

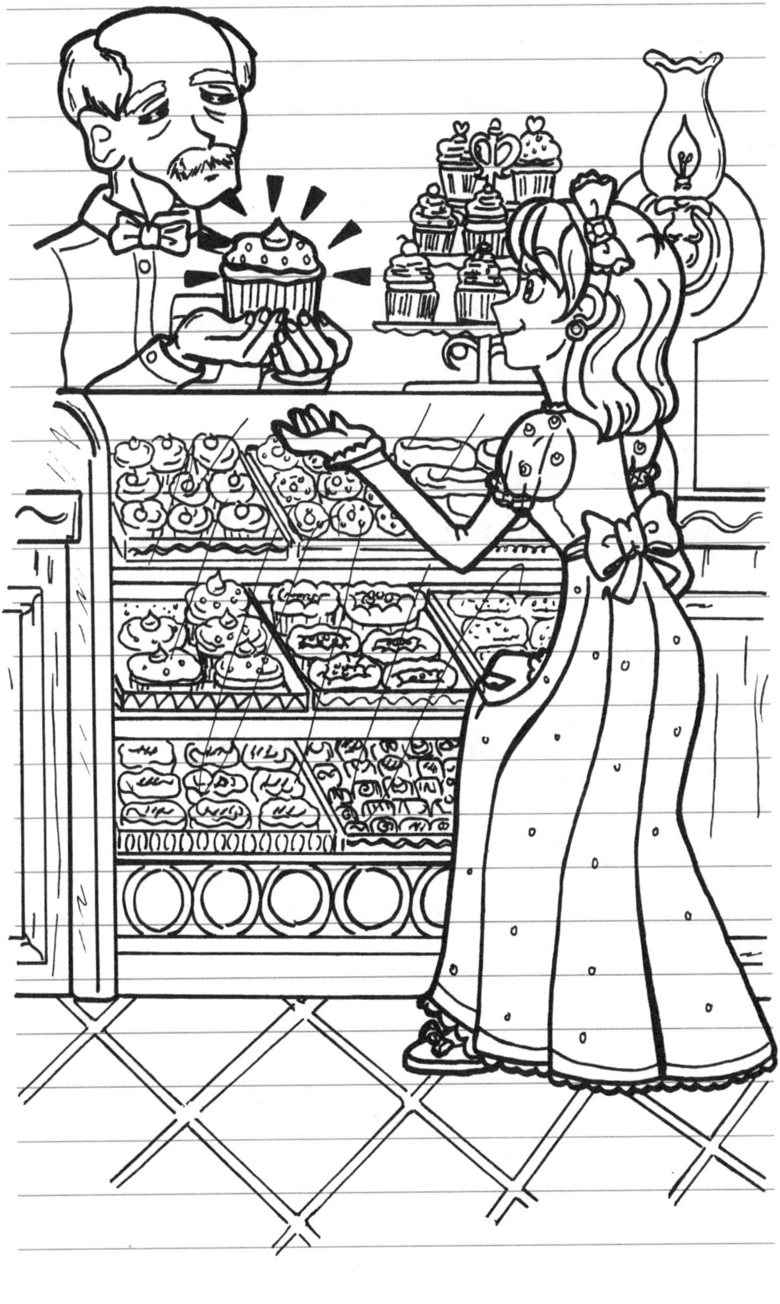

Eran carísimos, 6 dólares cada uno.

Pero eran los cupcakes más grandes, tiernos, apetitosos y chocolatosos que había visto en mi vida.

El señor que los vendía me lo puso en una caja blanca muy elegante, y lo guardé con cuidado.

Claro, como soy la hermana mayor y responsable, no he apartado la vista de la puerta del baño más que unos segundos (o minutos).

Empecé a preocuparme cuando las luces del teatro comenzaron a parpadear, lo que significaba que se acababa el intermedio.

Y yo CONTINUABA esperando a que Brianna saliera del baño.

Así que pueden imaginar mi sorpresa cuando volteo y veo un vestido rojo con holanes de la Princesa de Azúcar en la fuente de agua del otro lado del vestíbulo.

Fui corriendo.

"¡Aquí estás, Brianna! ¡Llevas MEDIA VIDA en el baño! ¡Tenemos que volver ya a nuestras butacas! ¡Vamos!".

La tomé de la mano y la arrastré por el vestíbulo.

Entonces levantó la mirada y me puso cara de estar HORRORIZADA.

Mi cerebro aún estaba intentando procesar cuándo le habían salido rizos pelirrojos, pecas y lentes a Brianna.

Pero a mi boca le salió antes la respuesta y de repente dijo...

"¡EH! ¡Si tú NO eres Brianna!".

"¡Mamá!", la niña se puso a llorar. "¡Me llevan! ¡Me llevan!".

YO CON UNA NIÑA QUE AL PARECER NO ES BRIANNA.

NO ES LA BRIANNA DE VERDAD

Del susto le solté la mano y me aparté.

"¡Lo siento!", le pedí perdón. "¡Creía que eras otra persona! ¡Perdón!".

Entonces salí corriendo hacia el baño para buscar ahí a mi hermana pequeña.

"¡Brianna! ¿Estás ahí? ¡Brianna!", iba gritando mientras miraba en todos los cubículos. Pero no aparecía.

Empezó a dolerme la cabeza y se me pusieron las manos sudorosas. Regresé corriendo a la recepción y miré por todo el vestíbulo. Ni rastro de Brianna.

Entonces me entró el pánico. ¡Oh, Dios mío! ¿Y si desapareció PARA SIEMPRE? Ese pensamiento terrorífico me abrumó.

No sería capaz de imaginarme la vida sin mi hermana pequeña, aunque sea un huracán de nivel 5 con coletas.

Estaba tan trastornada que incluso extrañé a la Señorita Penélope.

Juré que, si encontraba a Brianna, compraría un marcador púrpura y yo misma le haría un cambio de imagen a la Señorita Penélope.

Pero ahora me tocaba volver al teatro y decirles a mamá y papá que había perdido a Brianna. Esperaba y REZABA para que Brianna hubiera regresado solita al auditorio.

Ojalá estuviera ya en su asiento, sana y salva, torturando a la gente a su alrededor, dando patadas a sus butacas, cantando su cancioncita molesta y hablando con el señor Calvito.

El ballet ya había vuelto a comenzar cuando llegué a mi fila. Eso quiere decir que tuve que arrastrarme por encima de una docena de personas enojadas.

"Perdón. Tengo que pasar. ¿Lo pisé? ¡Perdón! Lo siento. ¡Uy!".

Cuando llegué a mi butaca, mis ojos ya se habían adaptado a la oscuridad. Esperaba ver a Brianna en cualquier momento.

"¿Por qué se demoraron tanto?", "murmuró" mamá muy alto. "Estábamos comenzando a preocuparnos. Mmm, Nikki, cariño... ¿DÓNDE ESTÁ BRIANNA?".

Abrí la boca, pero no me salían las palabras.

"¿No está aquí? ¡Pensé que a lo mejor había vuelto a su lugar!".

La expresión de mamá cambió de la curiosidad a la alarma.

"¿QUÉ?", dijo aún más alto.

Claro, todo el mundo la vio feo.

"¡Eh..., estaba esperándola y DESAPARECIÓ!".

"¿Buscaste en todos los baños?".

"¡Sí! Tres veces".

"Eh, cariño..." Papá daba golpecitos nerviosamente al brazo de mamá. Tenía los ojos clavados en el escenario.

"¿Y en el vestíbulo y el puesto de souvenirs?", prosiguió mamá. "Igual vio unos caramelos".

"¡Mamá, busqué EN TODAS PARTES!".

"Bueno, que no cunda el pánico. Puede que esté jugando en los ascensores. Salgamos al vestíbulo y..."

"¡CARIÑO, DE VERDAD tienes que ver esto!", volvió a interrumpirla papá.

"¿Qué podría ser más importante en ese momento que intentar encontrar a...".

Entonces mamá y yo dirigimos la vista hacia el escenario. "¡¡BRIANNA!!", gritamos a la vez.

Clara y el Cascanueces estaban haciendo su gran entrada triunfal en el País de los Dulces en una extravagante barcaza.

Con una pequeña polizona en el asiento de atrás.

Completamente forrada con un rollo entero de papel de baño.

"¡Brianna!", le gritó mamá.

Pero o bien Brianna no escuchó a mamá o prefirió no hacerle caso.

Brianna parecía estar casi hipnotizada por los árboles con bastoncitos de caramelo, los arbustos de gomitas y el gigantesco pastel del escenario.

Pero lo que más miedo daba era su sonrisa maliciosa de oreja a oreja.

El público se dio cuenta inmediatamente de que Brianna estaba en el escenario con su vestido de papel de baño.

Muchos de ellos se rascaron la cabeza y se pusieron a hablar en susurros.

Por lo visto, nadie recordaba que apareciera una momia de tamaño bonsái en *El Cascanueces*.

Clara y el Cascanueces, sin dejar de sonreír, miraban al público con cara de no sabemos qué estaba pasando.

Pero cuando voltearon y vieron ahí a Brianna, de pie, toda sonriente y saludando con la mano al público, por poco les da algo...

BRIANNA

Clara le susurró algo frenéticamente al príncipe.

Él se inclinó, levantó a Brianna e intentó sacarla del escenario. Pero Brianna se aferró a la barca como si su vida dependiera de ello. Al final, él se dio por vencido y la dejó ahí.

Cuando los bailarines entraron en el escenario, tampoco se dieron cuenta de que estaba Brianna.

Algunos llevaban disfraces de galleta y otros de caramelo. Entraron cocineros que bailaban con bandejas de cupcakes, panecitos y pastas variadas.

"¡Esto sí que me gusta!", se puso a gritar Brianna y saltó de la barca.

Embistió a los bailarines como un toro enojado.

Mamá, papá y yo salimos corriendo hacia el escenario tan rápido como pudimos.

El momento fue surrealista y tuve la sensación de que nos movíamos en cámara lenta.

"¡BRIANNA!", le gritó mamá. "¡NOOOOOO!" Pero no hubo manera de alcanzarla antes de que comenzara con su locura por comer.

En primer lugar, agarró a un bailarín por el tobillo y le mordió las botas de chocolate. Puso mala cara. "¡Puaj! ¡Esto NO es chocolate!" El bailarín se la quitó de encima.

Luego, Brianna salió corriendo hacia una bailarina de caramelo y la agarró del tutú. La bailarina dejó de danzar y comenzó a jalarlo.

Pero Brianna arrancó un trozo del tutú y se lo metió en la boca. "¡Puaj!" Lo escupió y frunció el ceño. "¡Esto NO es algodón de azúcar!".

Casi todos los personajes dejaron de bailar y salieron como pudieron del escenario para evitar que se los comiera vivos.

Inmediatamente después, el único bailarín que quedaba era un chef distraído que llevaba un enorme pastel de chocolate. Estaba totalmente concentrado en ejecutar una serie de grands pliés.

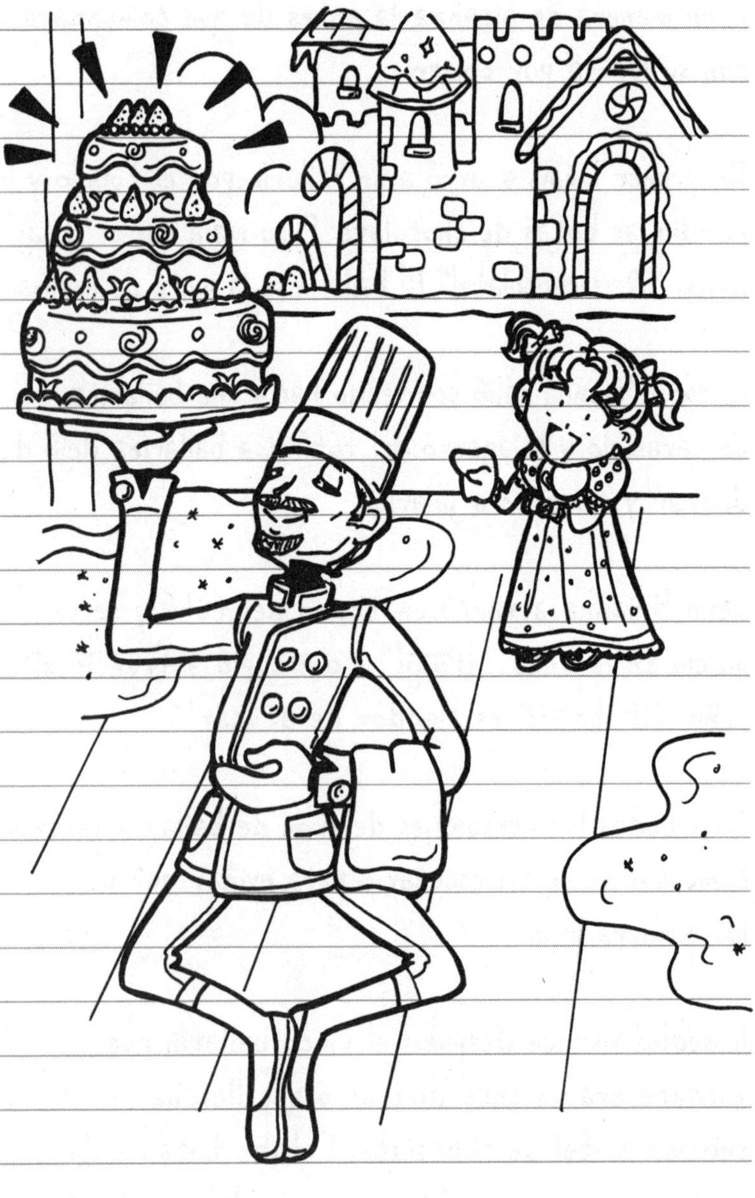

"¡Corre, corre!", comenzó a gritarle con entusiasmo el público.

¡No podía creerlo!

Esperaba que la gente se fuera, la abucheara o al menos lanzara verduras podridas.

Pero estaban pegados a sus asientos, y sus ojos fijos en el escenario, como si estuvieran viendo la final de la Champions y los dos equipos estuvieran empatados.

Brianna vio el enorme pastel y no pudo disimular su admiración.

Cuando el chef finalmente se dio cuenta de la presencia de Brianna, dejó de bailar de golpe ¡y puso cara de estar a punto de hacerse en los pantalones!

Brianna cruzó el escenario corriendo y se lanzó sobre el chef como si fuera un jugador de futbol americano en una tacleada.

El cocinero se puso a gritar, aventó el pastel de chocolate por los aires y se tiró al foso de la orquesta.

Se escuchó un golpe y luego una nota muy alta y desafinada de la tuba.

Fue bastante obvio sobre qué músico aterrizó el chef.

Brianna agarró el pastel con expresión de triunfo en la cara y le dio un enorme mordisco mientras conseguíamos subir al escenario.

"¡Brianna, baja ahora mismo!", le ordenó mamá.

Brianna levantó la cabeza del pastel.

Tenía la cara manchada de glaseado de chocolate, y la boca tan llena que parecía un pez globo. Después de masticar durante unos segundos, frunció el ceño.

Decepcionada, Brianna señaló el falso pastel. "¡Eto no é patel de choolate!", dijo con la boca llena.

¿?¡!

Me costó entender lo que decía, pero vi que había poliestireno blanco donde había mordido el pastel.

"Aquí no hay comida de verdad. Es toda de utilería", la regañé. "¡No puedo creer lo que acabas de hacer!".

"¿Esh boma? ¡No es díver!" E hizo pucheros.

"¡¡Brianna Lynn Maxwell!!", le gritó mamá y le echó la Mirada de la Muerte. "¡Si tengo que subir yo ahí arriba...!".

¡Oh-oh! Mamá se había puesto seria.

"Chí, cheñora", balbuceó Brianna, derrotada.

Escupió el falso pastel y saltó del escenario a los brazos de mamá.

Y entonces ocurrió lo más extraño de todo.

Los bailarines, la orquesta y el público le dieron a mamá una ovación, todos de pie, por poner fin ella sola a la catástrofe del Cascanueces.

¡Y para que te vayas de espalda!

Después de que Brianna destruyó prácticamente todo el ballet de *El Cascanueces*, tuvo la desfachatez de saludar y mandarle besos a todo el mundo, como si estuviera en un certamen infantil de belleza.

Me sentí mucho mejor cuando anunciaron un intervalo de diez minutos para que los bailarines pudieran prepararse para comenzar el segundo acto de nuevo.

Luego se encendieron las luces del auditorio.

Cuando nos marchamos del teatro, el público seguía riendo y saludando a Brianna, incluso el señor Calvito.

Costaba creer que a todos esos estirados les haya encantado ver *El Cascanueces* como si fuera una comedia de cine mudo.

Nos subimos al coche y volvimos a casa en silencio.

Sobre todo porque ninguno de nosotros tenía suficiente energía para sermonear a Brianna.

Si fuera hija MÍA, la habría dejado en el hospital psiquiátrico más próximo para que le hicieran un examen psicológico.

O, mejor aún, en el zoológico de la ciudad.

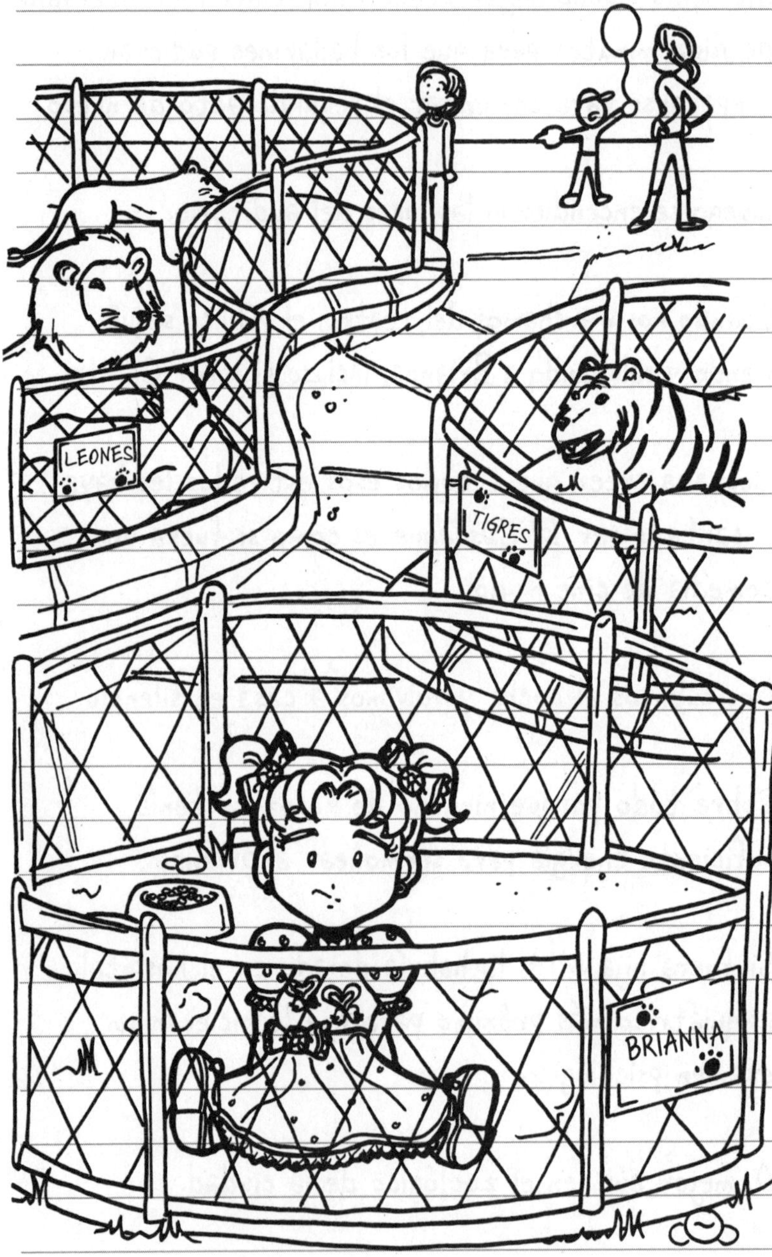
LEONES
TIGRES
BRIANNA

Pero no es hija MÍA. ¡Por suerte!

Aunque habría querido enojarme con Brianna, en el fondo me sentí aliviada de que estuviera bien.

Ha sido un gusto volver a casa. Pero mamá y papá, pobres, estaban tan cansados que se fueron directamente a la cama.

Y como soy la hija mayor y responsable, les aseguré a mis padres que me encargaría de que Brianna se pusiera la pijama y se fuera a dormir.

Me sorprendió que no se haya quejado, como suele hacer. Bajó la cabeza, arrastró los pies escaleras arriba y se puso la pijama de Bob Esponja.

Me sentí mal. La verdad es que fue un poco culpa mía. Exageramos con todo ese tema dulzón de los caramelos de *El Cascanueces*.

Brianna solo es una niña. ¿Cómo iba a saber que el decorado y el pastel de chocolate eran de mentiras?

Entonces me acordé de golpe de MI cupcake, y otra vez se me comenzó a hacer agua la boca.

Fui corriendo a servirme un gran vaso de leche.

Me estaba faltando tiempo para llegar a mi cuarto e hincarle el diente a ese delicioso cupcake de chocolate mientras escribía en el diario.

Al pasar por delante de la habitación de Brianna, me di cuenta de que continuaba muy triste. Aunque la puerta estaba cerrada, se le oía sollozar y hablar consigo misma.

Me dejó helada oírla cantar la canción MÁS triste del mundo:

"Ni caramelos, ni galletas, ni gomitas,
los pasteles eran solo una caja,
el pastel de chocolate era de mentiras,
y a veces… soy una… ¡NIÑITA!".

Dejé con todo cuidado mi cupcake y el vaso de leche frente a su cuarto…

Entonces, llamé a su puerta.

Cuando Brianna vino a abrir, yo ya había llegado a mi habitación y me había dejado caer sobre la cama.

Oí su expresión de sorpresa.

"¿Un cupcake de chocolate? Gracias, Princesa de Azúcar. ¡Me concediste mi DESEO!".

"Por nada", dije para mí y sonreí.

¿Quién habría pensado que la noche acabaría tan bien?

No haría falta colgar la foto de Brianna en todos los escaparates de la ciudad con la nota de "PERDIDA".

El público había disfrutado con sus números en aquella especie de comedia-ballet-BigBrother.

Y mamá y papá estaban tan agotados que ni siquiera me habían reñido por haber perdido a Brianna.

Y, sobre todo, había descubierto que regalar algo que aprecias a alguien que quieres te hace aún más feliz que conservarlo.

Supongo que son cosas que solo suceden en vacaciones.

¡Qué horror! Todo esto suena como el texto de una de esas postales cursis de mamá.

Mmmm... Quizás mi familia no esté tan MAL.

¡¡NO!! ¡¡☺!!

YO DANDO UN FUERTE ABRAZO A MI EXCÉNTRICA FAMILIA.

DOMINGO, 22 DE DICIEMBRE

Al salir de la iglesia, nevaba muchísimo. A mediodía ya teníamos 20 centímetros de nieve en las calles.

En mi opinión, era el día ideal para acurrucarse delante de la chimenea y tomarse una taza de chocolate caliente con galletitas.

Pero no. Mis padres me OBLIGARON a salir y se arriesgaron a que su pobre hija muriera congelada, y todo por una ESTUPIDEZ.

¡Querían hacer un muñeco de nieve para Brianna!

Mamá estaba emocionada y dijo que era una idea maravillosa para la Hora en Familia. Pero yo ya sabía que la cosa iba a acabar FATAL.

Fue idea de papá hacer un muñeco de nieve a escala humana. Estaba entregado a la causa, y su bola de nieve se fue haciendo cada vez más y más grande. Aquello no pintaba nada bien.

Hasta que se le fue de las manos (literalmente),
colina abajo...

Bien, tengo buenas y malas noticias.

La BUENA es que al final Brianna tuvo su muñeco de nieve a escala humana, tal como papá le había prometido.

La MALA es que PAPÁ era el muñeco de nieve.

Tras bajar la colina perseguido por su bola de nieve, cayó de cabeza y quedó semienterrado. A continuación, llegó su bola y culminó la obra. CRUNCH.

¡Cielos! Tardamos diez minutos en sacarlo.

Y cuando lo conseguimos, vimos que tenía NUEVAS quemaduras que habían aparecido sobre las ANTIGUAS del día que probó el quitanieves cochambroso.

¡Lo siento TANTO! Sobre todo porque lo único que pretendía era hacerle un bonito regalo a Brianna.

Espero que papá no haya quedado traumatizado ni desarrolle ningún tipo de fobia a los muñecos.

No creo que vayamos a hacer más muñecos de nieve por el momento.

Afortunadamente.

Lo que me deja más tiempo libre para acurrucarme frente a la chimenea y tomarme mi chocolate caliente con mis galletitas y... escribir en mi DIARIO.

¡Casi se me olvida! TODAVÍA tengo que ir a comprar algunos regalos.

He decidido hacerle un regalo de Navidad a Brandon. ¡Es TAN maravilloso!

Tengo que pensar en alguna cosa que le guste.

Mmmmm. Tal vez un vale para una cena romántica para DOS en el restaurante Giovanni.

¡YUPPPPPPPIIIIIIIII!

¡¡☺!!

Cada año es igual. Espero al último momento para comprar mis regalos de Navidad. Entonces, subo a Brianna en la bicicleta y salgo disparada a la tienda más cercana.

Como no tengo licencia de conducir, procuro comprar en el primer sitio que me sale al paso para no pescar una PULMONÍA.

Por eso, papá y mamá siempre reciben regalos extraños, como cepillos de dientes (de mi parte) y caramelos vitaminados (de Brianna).

"CHICAS. NO HACÍA FALTA...".

Pero este año tenía ganas de comprarles algo que les gustara de verdad.

Me refiero a alguna otra cosa, además de los cepillos de dientes y los caramelos.

¡Me puse tan contenta cuando vi la pila de álbumes de fotografías que estaban en oferta!

Era uno de esos "COMPRA UNO, LLÉVATE CINCO". Me sentía muy afortunada por haber encontrado un ofertón como ese.

O puede que la tienda quisiera deshacerse de ellos y tentara así a los compradores, para no tener que lanzar tantos productos a final de temporada.

Sea como sea, esos álbumes avivaron mi gran creatividad.

Decidí comprar uno como regalo para mamá y papá. Usaría mis conocimientos de dibujo y diseño para crear una nueva portada muy bonita. Sería PERFECTO para guardar nuestras fotos familiares.

Como me ofrecían cuatro álbumes más, decidí que esos serían los regalos de Chloe, Zoey, Brianna y Brandon.

¿Verdad que soy GENIAL? ¡¡☺!!

A Chloe y Zoey les haría un álbum especial sobre nuestra amistad.

Y a Brianna le encantaría un álbum con la portada de la Princesa de Azúcar.

Entonces llegó el turno de pensar en el de Brandon. ¿Y si al final se iba a vivir a otro estado con sus abuelos?

Quería regalarle algo que le recordara nuestra amistad y lo bien que la hemos pasado juntos.

Recordarle cosas como el concurso de arte, la fiesta de Halloween y el concurso de talentos. ¡E incluso aquella vez que pensé que había extraviado mi diario en la escuela!

De repente, empecé a sentirme muy triste. Como enferma. Como si estuviera a punto de sufrir un ataque de fiebre, alergia y temblores.

Quería ayudar a Brandon de verdad con mi actuación en el Festival sobre Hielo.

Pero sentía terror ante la posibilidad de hacerlo mal.

¡Si alguien pudiera patinar en mi lugar!

Respiré profundamente y tragué saliva para intentar deshacer el nudo que notaba en la garganta.

En algunas ocasiones sentía que cargaba con todo el peso del mundo.

Cuando me dirigía a la salida de la tienda, vi una cara familiar en el área de cosméticos, pasillo brillo de labios.

¡Era MACKENZIE!

Mi corazón dio un salto. A lo mejor aún había alguna esperanza para Brandon. Si dejaba de lado mi ego y le ~~pedía~~ suplicaba que me ayudara, a lo mejor ella patinaría en mi lugar.

"¡Caramba, MacKenzie! No sabía que venías a esta tienda a comprar", le dije con toda amabilidad.

Me miró y frunció el ceño. "Nikki, ¿qué haces aquí? ¿Por qué no saliste con las bobas de tus amigas a algún tugurio?", saludó.

Había temido que la conversación fuera por estos derroteros. Era culpa mía. Tendría que haber apelado a su megaego y halagarla desde el principio.

"Me encanta tu brillo de labios. Ese color resalta la belleza de tus ojos", le dije.

"Tú quizás deberías probar ese color melocotón. Combinaría a la perfección con tus pelillos del bigote".

NO podía creer que estuviera diciéndome eso en la cara.

"Pues yo he visto que los CERDOS también llevan brillo de labios, y les queda mejor que a ti", murmuré con la respiración alterada.

"¿Qué dijiste?", preguntó bruscamente.

Nos miramos. Era una situación MUY VIOLENTA.

Necesitaba su ayuda, así que mentí: "Dije 'Pues yo creo que hasta los tonos NEGROS en brillo de labios te quedarían bien a ti'".

"Oye, ¿qué quieres de mí, Nikki?".

"A ver, se trata del Festival sobre Hielo. Sé que querías patinar para Fuzzy Friends. Y ahora pensaba que...".

"Ah, ¿así que piensas? Estoy impresionada".

Ignoré su comentario.

"MacKenzie, quería pedirte un favor importante".

"¿De qué se trata? ¿De una donación para que puedes depilarte el bigote?".

Ignoré ESE comentario también.

"¿Podrías sustituirme y patinar con Zoey y Chloe en el Festival sobre Hielo? Necesitamos el dinero del premio para que Fuzzy Friends pueda seguir abierto".

"Me sorprende que no me lo hayas pedido antes".

"Hace una semana que quería pedírtelo. Eres una de las mejores patinadoras de la escuela. Si fallo, será terrible para Brandon. Y será mi culpa".

MacKenzie sonrió divertida. "Sí. Tienes toda la razón", dijo.

"¿Quieres decir que aceptas? ¿Patinarás en mi lugar?", pregunté, feliz.

No podía creer que MacKenzie hubiera aceptado. Era un MILAGRO.

"NO. Quería decir que SÍ será terrible para Brandon. Y SÍ será CULPA TUYA. Lo siento, Nikki, pero si estuvieras QUEMÁNDOTE no te ESCUPIRÍA".

"¿Y Brandon? Al menos, hazlo por él. Si Fuzzy Friends cierra, estará destrozado".

"Lo sé", respondió. "De hecho, lo espero".

"¿QUIÉN va a estar ahí cuando Brandon necesite un hombro sobre el que llorar si su estúpido refugio cierra? ¡YO! Y lo mejor de todo es que te ODIARÁ por no conseguir salvarlo. Y eso es justo lo que quiero".

Y rio como una bruja.

Me quedé ahí, PASMADA.

No podía imaginar que un ser vivo pudiera ser tan DIABÓLICO.

Es obvio que MacKenzie me tendió una trampa. OTRA VEZ. ¡Estoy TAN cansada de sus juegos miserables!

Pero NO voy a volverme LOCA.

Me VENGARÉ.

Creyendo en mí misma y evitando patinar con el TRASERO.

Y voy a ser FUERTE. FEROZ. Y, por supuesto, voy a llevar un conjunto PRECIOSO.

Seré más mortífera que Terminator, o como se llame.

Voy a ser...

LA PATI-NATOR-A

YO →

Por cierto, los álbumes que compré quedaron
lindísimos.

Y las páginas que Brianna decoró para papá y mamá
son..., mmm..., interesantes.

Yo, Nikki.

Papá y Brianna,
de camping.

Brianna, de conejito.

AMOR

Envolví todos los álbumes y los dejé preparados para
entregar los de Chloe y Zoey el día de Nochebuena.

Decidí dejar el de Brandon en el buzón de Fuzzy
Friends, ya que últimamente pasa mucho tiempo en la
asociación.

Creo que será una sorpresa agradable, porque es un regalo muy especial.

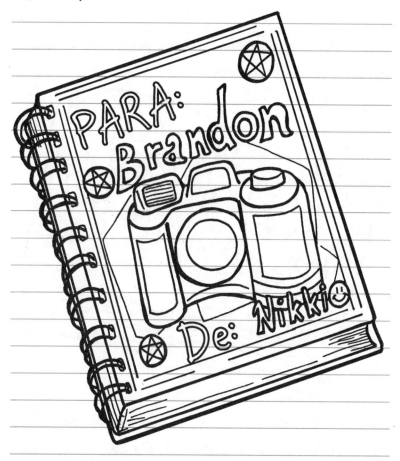

Así tendrá un álbum muy personal para colocar todas sus fotos.

Espero que le guste.

Hoy es Nochebuena.

A mamá le encanta tejer suéteres para que toda la familia los estrene en Navidad.

Este año, los suéteres llevan un muñeco de nieve horrendo y un ribete con adornos navideños de plástico alrededor del cuello.

El suéter es azul y tiene una manga de color rojo y otra, verde. El enorme muñeco de nieve en 3D va en el pecho.

Nuestros nombres van en la espalda. Están tejidos en color amarillo a un tamaño ideal para miopes.

He estado pensando en enviar mi suéter al *Libro Guinness de los récords* para participar en la sección de "El suéter más feo del mundo mundial".

No es que quiera conseguir un récord. Lo único que deseo es deshacerme de esta cosa antes de que alguien me obligue a ponérmela. Pero ya es demasiado tarde...

VEN, CARIÑO. ¡VAMOS A TOMARNOS UNA FOTOGRAFÍA CON ESTOS SUÉTERES TAN BONITOS!

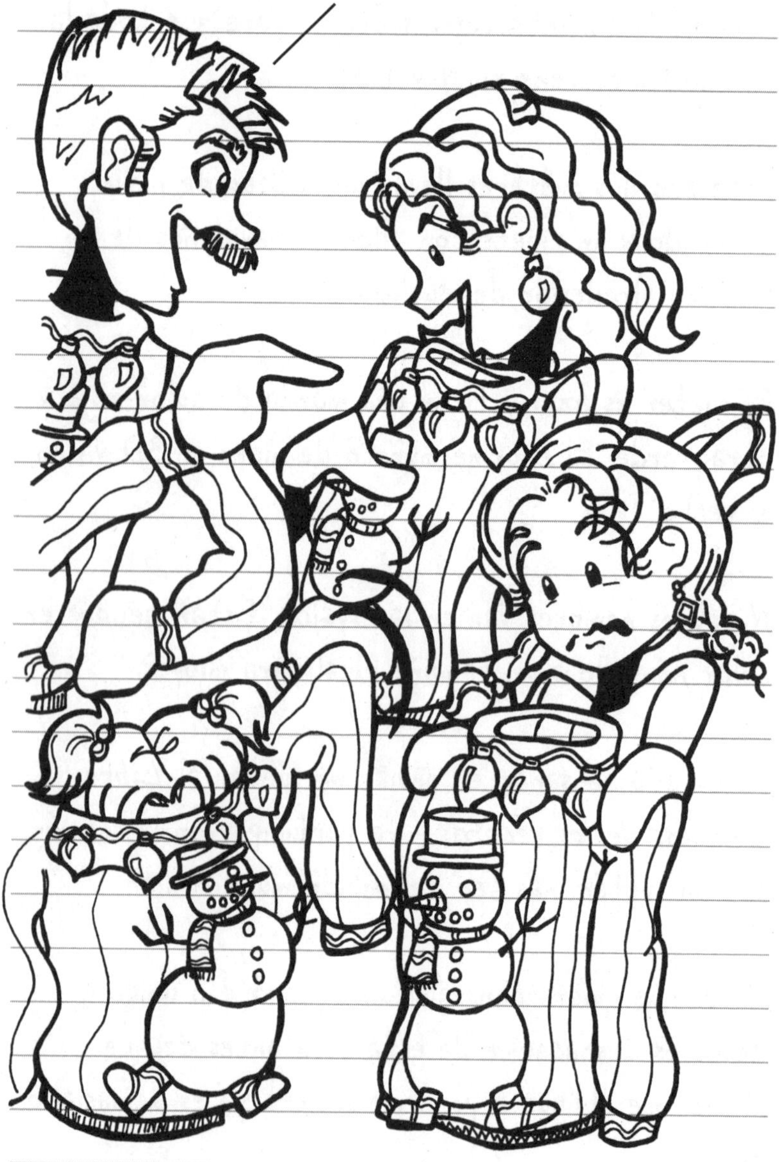

Papá preparó la cámara y nos reunimos delante del árbol de Navidad.

Entonces programó el temporizador y se colocó rápidamente junto a mamá.

"Muy bien. Digan 'Luiiiiiiiisssss'", nos indicó.

Pero, antes de que se disparara el flash, Brianna decidió que quería algo de comer o yo qué sé.

Porque volteó de pronto y arrancó uno de los caramelos que colgaban del árbol de Navidad.

¡Cielos! ¡El árbol entero se cayó al piso!

Este es uno de esos momentos auténticamente Maxwell.

Me reí tanto que me dolían las costillas.

Tengo que reconocer que este retrato familiar se ha convertido en mi favorito.

Por desgracia, mamá decidió que los dichosos suéteres nos quedaban estupendos, por lo que también nos los pondríamos para la cena de Navidad, que se celebraba en casa de mi tía Mabel.

Pensé: GRAN IDEA. ¡¡☹!! Mi tía Mabel NO es precisamente mi pariente preferida.

Era como ir a cenar con la QUERIDA TIÍTA PITUFA GRUÑONA.

Se trata de la misma mujer que AÚN insiste en que me siente a cenar a la MESA DE LOS NIÑOS.

Si me quedaba algo de espíritu navideño, acababa de evaporase.

Pensar en la mesa de los niños me agobió tanto que creí que iba a desmayarme.

Para sobrevivir a todo esto necesitaba algo así como un milagro de Navidad.

¡¡☹!!

Hoy es Navidad.

Brianna nos despertó golpeando las puertas de las habitaciones y gritando histérica.

Como cada año, vaya.

Y siempre es IGUAL...

"¡Salgan de la cama! ¡Levántense! La Señorita Penélope y yo acabamos de ver a Santa Claus y sus renos salir de casa. Se fueron volando por encima de nuestro tejado. ¡Arriba!

¡Es una emergencia!".

Entonces es cuando nos precipitamos escaleras abajo, en pijama, para ver lo que nos había traído Santa Claus.

Como siempre, Brianna recibió una tonelada de cosas...

A mamá y a papá les ENCANTÓ el álbum que Brianna y yo habíamos preparado (y que incluía la fantástica foto del árbol de Navidad cayéndosenos encima).

MAMÁ Y PAPÁ, ENCANTADOS CON SU ÁLBUM.

Pero el MEJOR regalo de todos fue...

¡MI NUEVO TELÉFONO INTELIGENTE!

Enseguida llegó la hora de ir a comer a casa de la tía Mabel. Papá dice que su hermana mayor es solo un poco ridícula y seria. Pero yo creo que "seria" es un eufemismo. Yo diría que es "PESADA".

Feliz Navidad.

Gracias. ¡Camina recta! Y cierra la boca, que se te van a meter las moscas.

Para la tía Mabel

YO

TÍA MABEL

Mamá dice que la tía Mabel actúa de ese modo porque piensa que los niños son para verlos, no para oírlos.

Yo creo que la tía Mabel DETESTA a los niños porque tiene nueve en casa.

¡Qué horror! Si tuviera nueve criaturas, yo tampoco querría VERLAS ni OÍRLAS. Digo yo.

Pero yo no tengo la culpa. ¡Tengo catorce años y esta mujer HORRENDA aún me obliga a sentarme en la MESA DE LOS NIÑOS!

Los adultos se sientan en sillas de época y comen en una gran mesa antigua, tallada a mano, servida con platos de delicada porcelana china, copas de cristal y cubiertos de oro y plata.

Los niños nos reunimos alrededor de una frágil mesa diminuta tapada con una sábana rota.

Nos dan platos de cartón, cubiertos de plástico y esos vasos con dibujos de Disney (ya sabes, de esos que llevas al baño para lavarte los dientes).

Y sentarme en esa mesa el día que llevo puesto este horrible suéter me supone una doble humillación.

En resumen, ha sido una experiencia traumática.

Por suerte, la comida estaba deliciosa. Es lo único de la visita que valió la pena.

Mi tía Mabel tiene tan mal genio como un pitbull, pero es una cocinera de primera.

De todas maneras, me sentí feliz cuando finalmente nos fuimos. Tenía ganas de probar mi nuevo teléfono inteligente.

NO PUEDO CREER la cantidad de cosas que se pueden hacer con él. Tiene internet, puedo escribir notas, enviar y recibir correos y mensajes, jugar, tomar fotos, consultar dudas, encargar pizzas e incluso participar en un foro de consejos para adolescentes.

¡Cielos! Si los teléfonos inteligentes pagaran una mesada, podríamos declarar a los padres OBSOLETOS.

Brianna enloqueció al descubrir que mi celular incluía el juego de *La Princesa de Azúcar salva al Bebé Unicornio*. La dejo jugar una hora cada día, justo antes de irse a dormir. Y está enganchadísima.

Mi nuevo celular va a permitirme ahorrarme mucho dinero.

Ahora, cuando necesito sobornar a Brianna...
solo tengo que prometerle más minutos de ese juego.

Me demoré un rato para configurarlo, pero al final
pude tomarme una foto con el celular y mandársela a
Chloe, Zoey y Brandon.

Van a
quedarse impactados
cuando la reciban.

No me estaba yendo
tan mal esta Navidad.

Comenzó a nevar y
el paisaje afuera
parecía idílico.

Papá encendió
la chimenea y
tostamos pan.

¡OTRA VEZ! Solo
que en esta ocasión, a papá no se le quemaron los
pantalones.

Tengo que admitirlo. Una vez que te acostumbras a pasar tiempo con la familia, incluso resulta divertido.

Me pregunto cómo se la estará pasando Brandon.

Es realmente admirable que ayude de esa manera a sus abuelos con su trabajo como voluntario en Fuzzy Friends. Yo me pongo histérica cada vez que me piden que ordene mi habitación o ponga los platos en el lavavajillas.

Soy una MOCOSA consentida. Y no valoro las cosas buenas que tengo. Como, por ejemplo, mi familia.

Es impresionante pensar que, a pesar de todo lo que Brandon ha perdido, él continúa siendo tan GENEROSO como siempre.

Sí, eso sí que es un MILAGRO DE NAVIDAD.

¡¡☺!!

JUEVES, 26 DE DICIEMBRE

Hoy teníamos nuestra primera sesión de entrenamiento con Victoria Steel, la directora del Festival sobre Hielo y medalla de oro olímpico en patinaje artístico.

Todos los participantes recibimos una carta de bienvenida y las reglas de la directora:

LAS REGLAS DE VICTORIA STEEL

1. NO FIRMO AUTÓGRAFOS.

2. PROHIBIDO MASCAR CHICLE.

3. PROHIBIDO LLEVAR TRAJES FEOS.

4. PROHIBIDO PATINAR SIN HABERSE DEPILADO PREVIAMENTE.

Todos los participantes deben ser puntuales, educados y eficientes.

Los comportamientos poco deportivos darán lugar a la expulsión del espectáculo.

¡Buena suerte!

Victoria Steel

Bueno, el objetivo ahora es sobrevivir a los tres días de entrenamiento con Victoria.

Mi mayor miedo es que me expulse del espectáculo, como hizo con aquella pobre chica el año pasado. Chloe insiste en que seguramente es solo un chisme, pero no pienso correr el riesgo. Después de remover todo el garage, encontré un traje aceptable para el primer entrenamiento.

Estaba hecha un manojo de nervios cuando mamá me dejó delante de la pista de hielo.

Solo podía pensar en Brandon. Lo imaginaba teniendo que ir a una nueva escuela, donde no tendría ni un solo amigo.

Como no quería que nadie viera mi traje, evité el vestidor, que estaba repleto de gente, y fui a cambiarme a un baño que había al fondo de la pista.

Vi mi reflejo en el espejo y sonreí. Me sentía bastante ridícula, la verdad.

Pero, si mi plan funcionaba, superaría el primer día de prácticas.

Cuando llegué al centro de la pista, la mayoría de los patinadores ya habían iniciado los ejercicios de calentamiento. Incluso Chloe y Zoey.

Estaba sorprendida por su agilidad y la belleza de sus movimientos. Me sentí orgullosa de ellas.

Junto a la entrada, una multitud rodeaba a Victoria. Era hermosa y se parecía muchísimo a la chica de la portada de *La Princesa de Hielo*.

Los fans le tomaban fotografías con sus celulares y esperaban pacientes para conseguir un autógrafo.

Y, como si fuera una artista pop, sus asistentes y guardaespaldas le abrían paso.

Cuando Victoria pasó junto a mí, se quitó los lentes y me lanzó una mirada de desaprobación.

"¡Empecemos! Solo espero que este grupo sea mejor

que el del año pasado. ¿Alguien puede traerme agua? Me muero de sed".

Sus ayudantes se fueron corriendo a satisfacer su deseo, y solo treinta segundos después ya habían regresado dos chicas con sendas botellas de agua.

"¡Qué horror! No creerán que voy a beber agua de una botella de plástico, ¿verdad?", exclamó.

Estaba más claro que el agua. Esta señora es una diva consentida.

El ayudante de dirección nos pidió que tomáramos asiento en las dos primeras filas de las gradas.
A continuación presentó a Victoria, y todos aplaudieron a rabiar.

Aunque acababa de echar una reprimenda descomunal por una botella de agua, apareció en la pista con la mejor de sus sonrisas.

"Bien. ¿Quién quiere ser el primero en impresionarme?", preguntó.

"Empezaremos con un grupo", dijo mientras veía la lista. "¿Qué tal...?".

Mi corazón quedó paralizado.

"Por favor, no digas nuestro nombre. Por favor, no. Por favor, no nos escojas", suplicaba en mi interior.

"Chloe, Zoey y Nikki. Al centro de la pista."

Chloe y Zoey se lanzaron a la pista sin pensarlo dos veces.

"¿Por qué son solo dos, si aquí consta que son tres?", preguntó Victoria, molesta.

"Mmm... Nikki debe de estar por aquí", respondió Zoey mientras miraba nerviosamente a Chloe.

"Aquí", dije mientras me abría paso como podía.

Chloe y Zoey me miraron, pestañearon y exclamaron a coro...

En ese momento supe que mi disfraz hecho con papel de baño y cinta adhesiva era creíble. Bueno, también ayudaron mucho las muletas de cuando papá se dañó el pie saltando.

"No se preocupen. No es tan grave como parece", respondí.

"¿Está roto?", preguntó Chloe.

"¡Pobrecita!", exclamó Zoey.

"Estoy bien. DE VERDAD", dije mientras Zoey y Chloe se miraban perplejas. Creo que estaban a punto de desmayarse.

"Así que tú eres Nikki", dijo Victoria mirándome con desprecio. "Lamento mucho tu lesión, pero tenemos que organizar un gran espectáculo en muy poco tiempo. Ya participarás el próximo año. Lo siento, chicas."

"¡NO! ¡POR FAVOR! Es solo un problemilla de ligamentos. El doctor me dijo que estaré bien... para... mmm..., mañana", dije tartamudeando.

Fue entonces cuando Victoria me miró desconfiada y vi que sospechaba de mí. "Veo que tu doctor usa PAPEL DE BAÑO." Acto seguido puso las manos en las caderas y gritó...

¿ESTO ES UNA BROMA?

SEGURIDAD, SAQUEN A ESTA CHICA DE LA PISTA

¡No podía creer que llamara a los guardias de seguridad para sacarme de la pista! ¡Está LOCA!

"Chloe y Zoey, en posición de inicio. ¡AHORA! Quiero ver su rutina", exigió. "Pero les advierto que si mañana no están las tres en la pista quedarán descalificadas. ¿Entendido?".

Asentimos al unísono.

Salí corriendo de la pista. Envié a Chloe y a Zoey un guiño de ánimo y ellas me sonrieron nerviosas. Confiaba en que, al no estar yo de por medio enredándolo todo, su rutina les saldría bastante bien.

Y estaba en lo cierto. Las dos patinaron con gracia, y Victoria quedó sorprendida e impresionada.

Decidí no quedarme el resto de la sesión de entrenamiento. Para ser el primer día, estaba ya algo cansada de Victoria Steel. Y creo que el sentimiento era mutuo.

Volví al baño brincando sobre un pie. Deseaba deshacerme de las dichosas muletas, y el vendaje me picaba mucho. Estaba a punto de llamar a mamá para pedirle que viniera a buscarme cuando llegó una invitada inesperada.

Era MACKENZIE. Y se puso a echarme bronca.

ERES UNA FARSANTE PATÉTICA.

Decidí poner mi mejor cara de extrañeza e inocencia y NEGAR semejante acusación.

¡¡UPS!!

Pero entonces recordé que había dejado las muletas recargadas en la pared. Y que estaba apoyándome sin problemas en mi supuesta pierna "lesionada".

¡UYYYY!

Farsante o no, mis asuntos de salud no eran de la incumbencia de MacKenzie.

"¿Estás llamándome farsante?", dije ofendida. "Tú, que llevas tantas extensiones de pelo y TANTO brillo de labios que la Comisión Nacional Antiincendios te ha declarado zona peligrosa porque eres altamente inflamable".

¡Cielos! MacKenzie estaba tan enojada que pensé que iba a explotarle la cabeza.

Me miró con esos ojillos que pone y murmuró: "Ya le expliqué a Victoria que eres una farsante. Comete otro error, y te lanzará al bote de la basura como si fueras una pizza de hace diez días".

Entonces se dio la vuelta y se largó pavoneándose.

No soporto cuando se pavonea de esa manera.

No podía creer que estuviera amenazándome con tanta desfachatez. Pero ¿quién se creía que era? ¿LA POLICÍA EN PATINES?

De cualquier modo, la buena noticia era que había sobrevivido a la primera jornada de entrenamiento de Victoria, la Mujer Dragón.

Uno menos, y dos por pasar.
¡¡☺!!

Después de la advertencia de ayer, no me atreví a afrontar el segundo entrenamiento con otra mentira.

Me había pasado buena parte de la noche intentando tramar un nuevo plan.

Pero la triste realidad es que me sentía superada por todo lo que estaba ocurriendo.

Tan pronto como Victoria me viera ~~patinando~~ resbalando sobre el hielo, iba a expulsarnos a Zoey, Chloe y a mí del espectáculo. Sin pensarlo dos veces.

Y desde luego no nos ayudaba mucho que MacKenzie fuera explicándole todas esas mentiras sobre mí. Cosas como que le robé la asociación o que fingí tener una pierna lastimada.

Bueno, de acuerdo. Tal vez lo de la pierna sí era verdad. ¿Y qué? No era asunto suyo.

Cuando Victoria empezó a gritar al encargado de la

música, al de las luces y al del vestuario (cielos, esa loca se pasa el día GRITANDO), decidí escabullirme y ocultarme unos minutos entre los puestos de venta de comida.
Así podría vivir mi ataque de pánico en la intimidad.

Estaba abstraída pensando en mis cosas, valorando mi desesperada situación, cuando me sorprendió una voz muy familiar. "¿Qué se siente cuando se es una Princesa de Hielo?".

"¡Brandon! ¿Qué haces aquí?", susurré.

"Vine a darte las gracias por tu fabuloso álbum de fotos. Y para animar al equipo de Fuzzy Friends, claro".

Este chico era demasiado maravilloso para ser real. Solo de pensar que podía marcharse era... tan deprimente.

De pronto me emocioné como una tonta. Tuve que morderme el labio para evitar que se me escaparan las lágrimas.

La dulce sonrisa de Brandon se fue desdibujando. Ahora solo me miraba en silencio.

"¡Nikki! ¿Estás bien? ¿Qué te pasa...?".

"Lo siento, Brandon, pero no sé si reuniré el dinero para los Fuzzy Friends. Yo... ¡lo siento mucho!".

"Pero... ¿qué estás diciendo? Nadie espera que seas una profesional. Nos basta con que participes en el espectáculo".

"¡NO! ¡NO es suficiente! Tengo que ser capaz de PATINAR. ¡Y no PUEDO! Pero no lo sabía cuando me ofrecí a ayudarles. ¡De veras que no!".

"¡Vamos, Nikki! No creo que seas tan mala".

"Brandon, escúchame con atención. Soy un DESASTRE. ¡No, en realidad soy PEOR! Seguro que me echan después del entrenamiento de hoy".

Brandon parpadeó con incredulidad.

"¡Victoria exige que las patinadoras sepan patinar, y yo NO SÉ! Si casi no puedo mantenerme parada en el hielo, ¡cómo voy a patinar sobre él!".

Nos quedamos sentados en silencio, hundidos en la desesperanza.

Si NO patino, los Fuzzy Friends tendrán que cerrar ¡y Brandon se marchará!

Si PATINO, los Fuzzy Friends tendrán que cerrar ¡y Brandon se marchará!

Haga lo que haga, no hay salida.

"Lo siento, Nikki. Ojalá pudiera hacer algo...", murmuró Brandon mientras observaba a Victoria, que estaba gritándole a alguien.

Casi me estalla el corazón cuando Victoria anunció por el altavoz que las siguientes éramos Chloe, Zoey y yo.

Brandon me despidió con una leve sonrisa.

"¡Rómpete una pierna! Bueno, más bien, trata de que NO se te rompa una pierna...".

"¡Gracias!", le dije riéndome de su broma.

Brandon no lo sabía, pero en realidad ya había INTENTADO usar el truco de la lesión.

Regresé a la pista.

Cuando llegué al centro vi que Chloe y Zoey también estaban supernerviosas, pero se esmeraban en disimularlo.

"¡Vamos, equipo Fuzzy Friends! ¡Un abrazo de grupo!", dijo Chloe y nos dio su típico abrazo para aligerar la tensión.

No sé cómo lo hice, pero logré acceder a la pista y adoptar la posición inicial sin caerme.

Y justo cuando empezó a sonar nuestra música vi a Brandon, que se acercaba a Victoria con su cámara de fotos en la mano. Le dio unos golpecitos en el hombro.

Cuando ella se dio la vuelta, Brandon se presentó y señaló su cámara.

Al parecer, Victoria quedó encantada con su profesionalidad, su buena educación y su sonrisa.

Lo cual era perfecto, porque nuestra rutina de patinaje NO nos estaba quedando demasiado bien.

Casualmente (o no), el último disparo de la cámara de Brandon coincidió con la última nota musical de nuestra rutina.

Y cuando FINALMENTE Victoria se dio la vuelta...

Se encontró con una gran sonrisa en nuestras caras
y una pose de lo más profesional. Como si fuéramos
las tres finalistas del gran concurso de Top Models,
o algo así.

Nadie habría dicho que me caí cuatro veces a lo largo de una actuación que duraba tres minutos.

¡Si había pasado tanto tiempo con el TRASERO sobre el hielo que se me había congelado!

Victoria se quedó mirándonos con una extraña expresión en la cara. Nosotras contuvimos la respiración.

"¡Un gran trabajo, chicas!", dijo finalmente. Y se dio la vuelta y gritó a su asistente: "¿DÓNDE está mi café? ¿Se supone que debo dirigir el espectáculo y hacer también TU trabajo?".

Brandon me guiñó un ojo con una enorme sonrisa. Quería DERRETIRME ahí mismo.

Por supuesto, cuando pasé junto a MacKenzie me miró por encima del hombro, fulminándome con la mirada.

Pero yo ya sé que, como patinadora, soy un DESASTRE total.

No es necesario que me lo recuerde.

Sea como sea, NO puedo creer que TODAVÍA no nos hayan echado del espectáculo.

¡¡Brandon es un CIELO!! Es increíble que nos haya ayudado como lo ha hecho.

Ya hemos SUPERADO DOS entrenamientos.

¡Solo nos falta UNO!

¡¡¡OEEEE-OEEEE!!!

¡¡☺!!

BRIANNA Y YO VAMOS EN TRINEO (UNA EXPERIENCIA ATERRADORA)

BRIANNA, ¿ESTÁS SEGURA DE QUE QUIERES BAJAR LA LADERA DEL HOMBRE MUERTO? QUIZÁS ES DEMASIADO PARA UNA NIÑA PEQUEÑA COMO TÚ.

¡AHÍ ESTÁ!

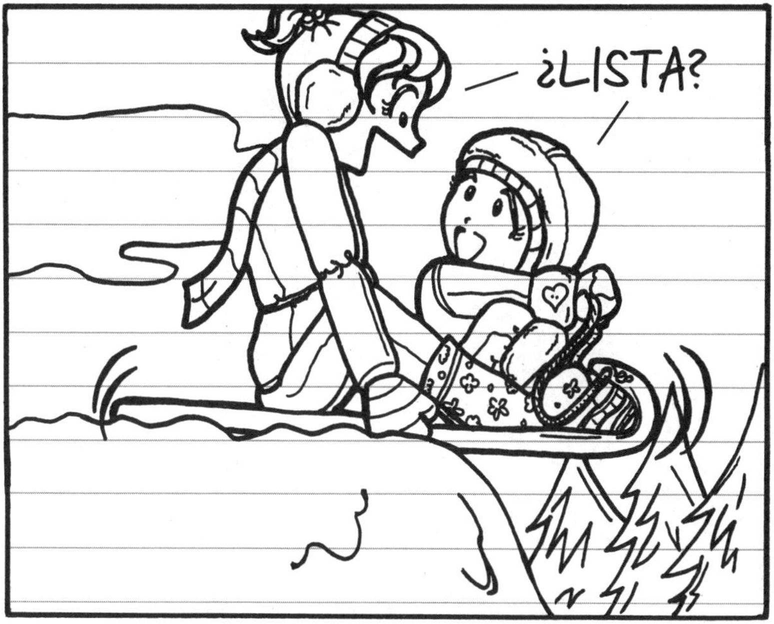
¿LISTA?

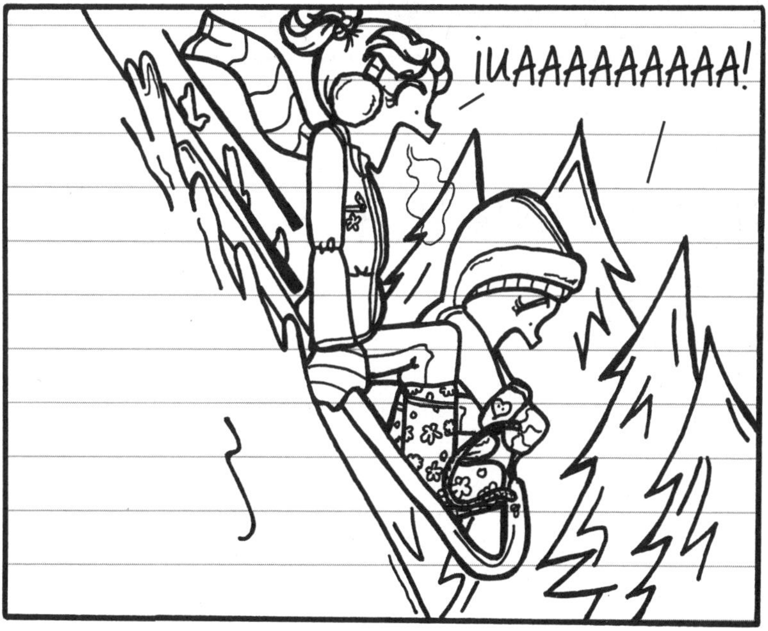
¡UAAAAAAAAA!

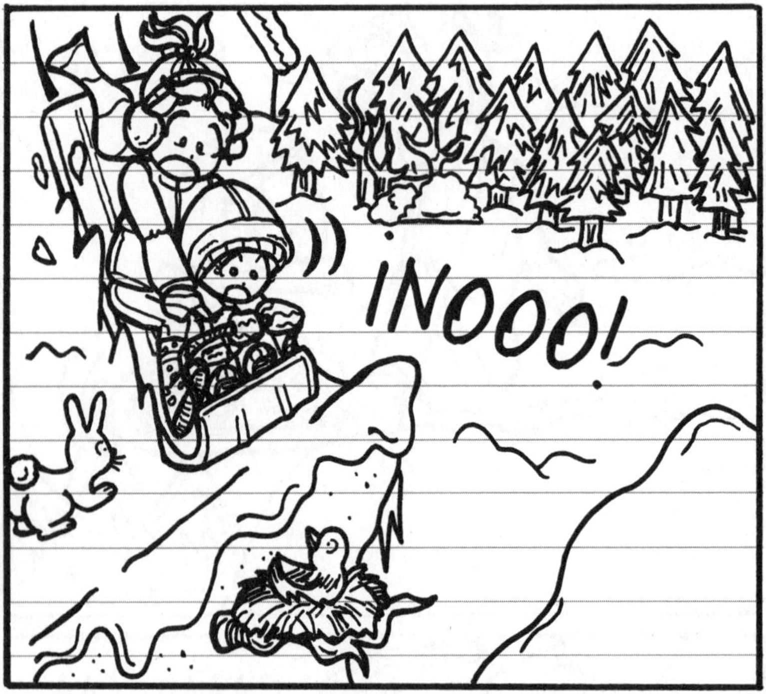
¡NOOO!

¡¡CONTINUARÁ...!!

¡¡☹!!

BRIANNA Y YO VAMOS EN TRINEO (UNA EXPERIENCIA ATERRADORA) CONTINUACIÓN...

La última vez que vimos a nuestras heroínas, Brianna y Nikki, estaban deslizándose a toda velocidad ladera abajo, camino a una muerte segura. Pero justo cuando parecía que estaba todo PERDIDO...

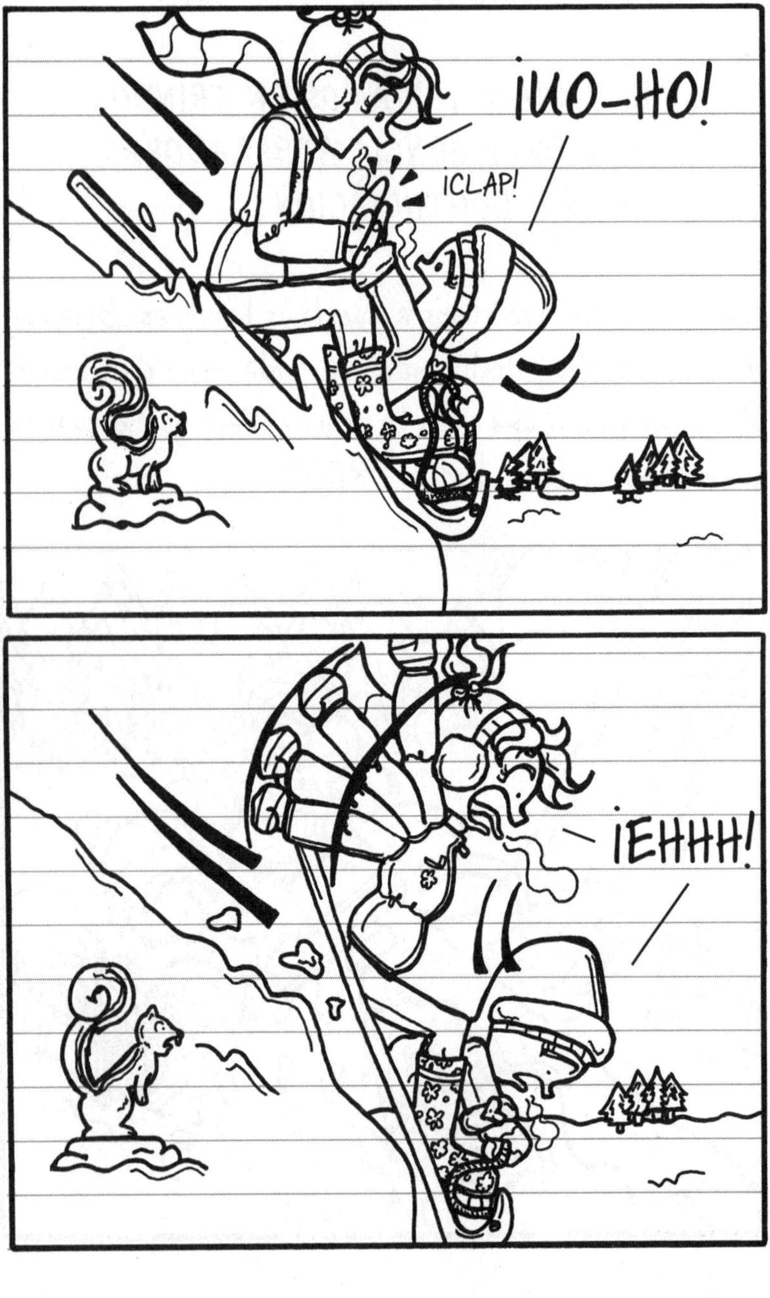
¡UO-HO!
¡CLAP!
¡EHHH!

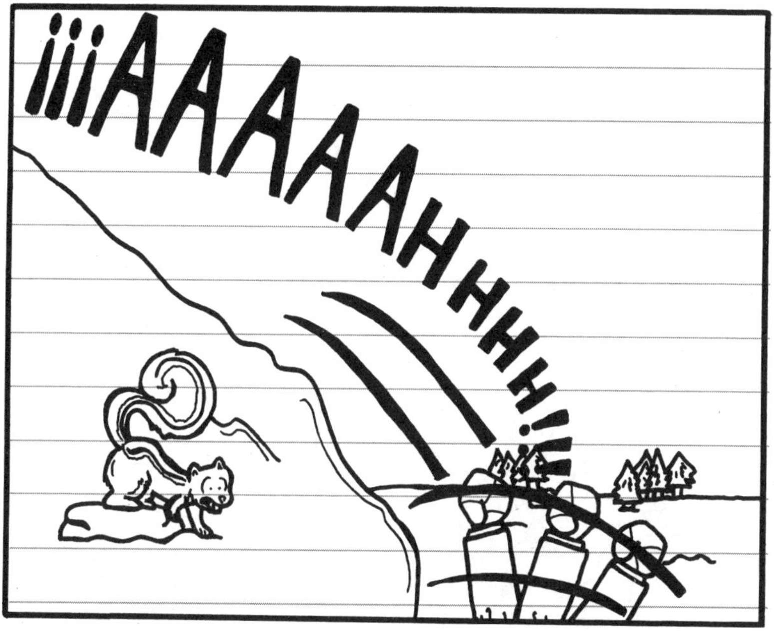
¡¡¡AAAAAAHHHHH!!!

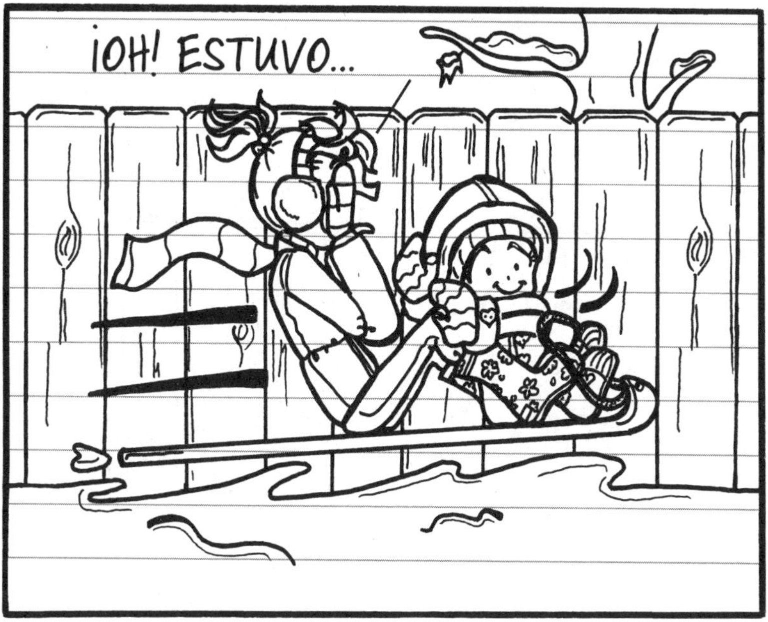
¡OH! ESTUVO...

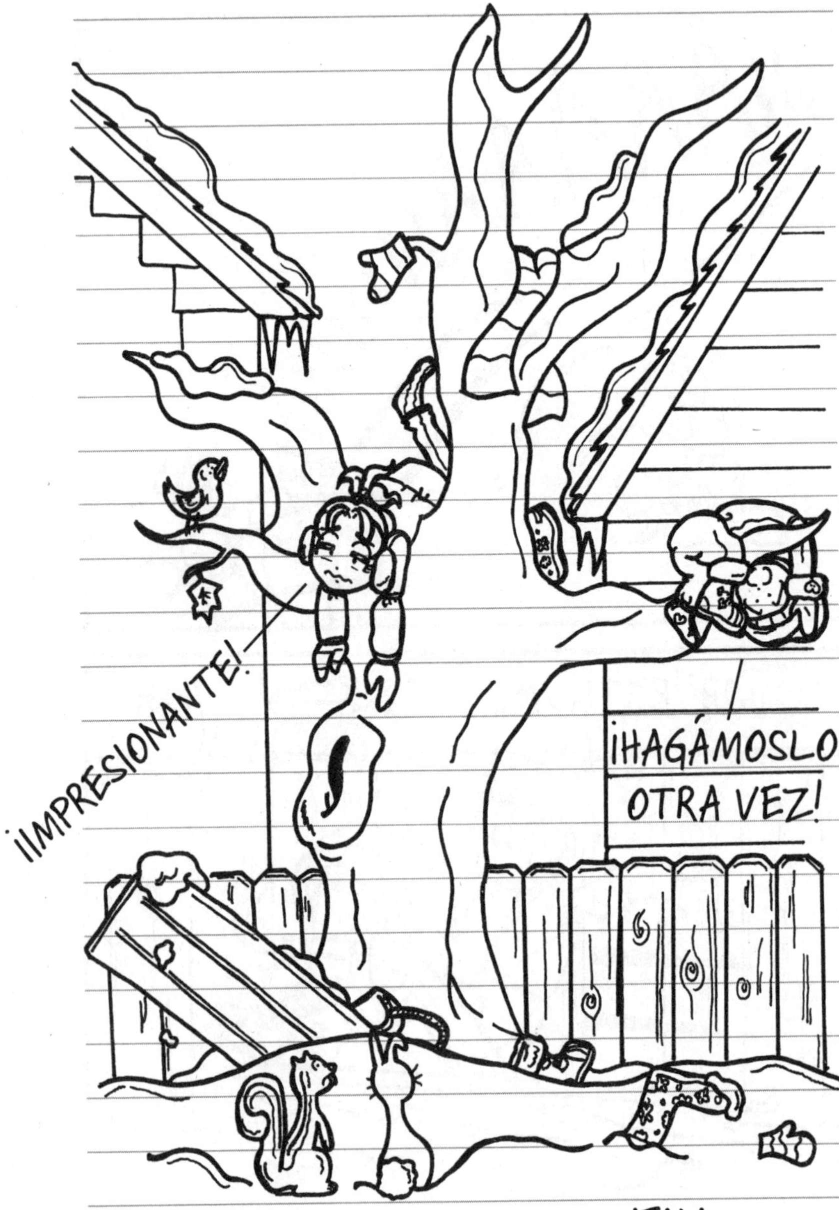

¡IMPRESIONANTE!
¡HAGÁMOSLO OTRA VEZ!
FIN

Mis padres han olvidado cuáles son sus obligaciones.

Mamá salió volando a visitar a una amiga que acaba de tener un bebé.

Y papá recibió una llamada de emergencia de una ricachona con problemas. Parece que unos invitados inesperados se presentaron en su glamorosa fiesta. ¡Unas dos mil hormigas!

¿Adivinas a QUIÉN le tocó ser la niñera de Brianna? ¡A mí! ¡OBVIAMENTE!

Aunque eso implique que tenga que llevármela conmigo a una sesión de entrenamiento SUPERIMPORTANTE, en la que no solamente están en juego 3 000 dólares. Es una cuestión de VIDA o MUERTE.

En el mundo nace un BEBÉ cada siete segundos, y las HORMIGAS seguirán merodeando aunque haya una guerra nuclear.

¿CÓMO puede ser MÁS importante lo que ELLOS están haciendo que lo que tengo que hacer YO?

"Nikki, llámame al celular cuando acabes de entrenar", me dijo mamá al dejarnos en la pista. "Y tú, Brianna, sé buena y haz caso a tu hermana, ¿de acuerdo?".

"¡Claro, mami!", dijo Brianna sonriendo como un angelito.

Luego se dio la vuelta y me sacó la lengua.

"Nikki, ¿puedo jugar el juego de la Princesa de Azúcar en tu celular?", me preguntó mientras entrábamos.

Era la quinta vez que me lo pedía ese día.

"No, Brianna. Tú viniste para mirar desde las gradas los entrenamientos de patinaje".

Chloe y Zoey ya estaban en la pista. Pero cuando vieron a Brianna se acercaron y le dieron un fuerte abrazo.

Brianna estaba fascinada con los patinadores, así que se quedó sentada, tranquilita, contemplando los entrenamientos. No podía creer que estuviera portándose tan bien.

Unos veinticinco minutos más tarde Victoria nos llamó.

"¡Aquí estamos!", dijo Zoey con una sonrisa nerviosa. "Nikki, ¿estás preparada?".

Respiré hondo y me dirigí hacia mi destino. Estaba muy nerviosa. Era como si estuviera a punto de perder algo esencial.

En los dos primeros entrenamientos me las había ingeniado para que Victoria no me echara.

Pero, si no ocurría un milagro, este sería el final.

Cuando me viera patinar o, mejor dicho, INTENTANDO patinar, SEGURO que me prohibiría participar en el espectáculo.

"¡Última llamada!", dijo Victoria bruscamente. "¡Chloe, Zoey y Nikki!".

Mientras nos deslizábamos hacia la pista, Victoria nos observaba como un halcón. Intenté con todas mis fuerzas NO caerme.

Estábamos a punto de ponernos en la posición de inicio cuando alguien nos interrumpió desde las gradas...

¡Patiné hacia Brianna, la tomé de la mano y la arrastré de nuevo hacia su asiento!

"Brianna, ¿quieres que nos saquen del espectáculo?", le susurré. "Siéntate aquí y ¡QUÉDATE QUIETA!"

Ella puso ojitos de perro triste y me dijo: "Pero, Nikki, ¡yo quiero patinar contigo, Chloe y Zoey!".

Victoria parecía a punto de estallar. Pero, como había una cámara cerca, se limitó a apretar los labios con una sonrisa fría, de maniquí, y a parpadear rápidamente.

Me dispuse a regresar a la pista de hielo, pero un chico que vestía un uniforme azul me detuvo.

"Disculpa, tengo que entregar un ramo de flores a Victoria Steel. Es de la oficina del alcalde. Me dijeron que lo dejara en recepción, pero no hay nadie. ¿Tú podrías indicarme quién es?".

"Claro, está ahí", dije señalando a Victoria.

Ella parecía estar improvisando una entrevista para la televisión.

"No querría interrumpirla, pero voy retrasado con el reparto. ¿Podrías hacerme el favor de asegurarte de que le llegan las flores?".

"¡Sin problema!", dije yo.

El repartidor depositó un bonito ramo con dos docenas de rosas rosas en el asiento de al lado de Brianna.

"¡Oohhh! ¡Son PRECIOSAS!", gritó Brianna. "¿Son para ti?".

"No, son para la señora que está ahí", dije señalando a Victoria. "Tengo que dárselas a ella".

"Nikki, ¿puedo llevárselas yo?", me pidió Brianna emocionada.

"¡Ni se te ocurra! ¡Quédate tranquilita en tu asiento!".

¡Entonces se me ocurrió una idea brillante!

"Pensándolo bien, Brianna, me harías un GRAN favor si pudieras llevarle las rosas a Victoria", le dije de lo más contenta.

"¡Síííí!", gritó Brianna.

"Pero debes tener mucho cuidado. Cuando llegue el momento te haré una señal con la mano. ¿De acuerdo?".

"De acuerdo. ¿Puedo olerlas? Apuesto a que huelen como el algodón de azúcar. ¡O a chicle!".

Regresé a la pista, junto a Chloe y Zoey, pero estaba tan nerviosa que no podía pensar.

Justo cuando iba a empezar la música, le hice una señal con la mano a Brianna para que fuera a entregarle las flores a Victoria.

Brianna me sonrió y me devolvió el saludo.

Le hice otra señal con la mano y señalé las flores. Brianna me saludó de nuevo y también señaló el ramo.

¡GENIAL! ¡¡☹!!

La música empezó a sonar por los altavoces y Chloe y Zoey se movieron graciosamente por la pista.

Y yo me quedé clavada en el hielo, moviendo los brazos en cámara lenta e imaginando que iba hasta Brianna y la estrangulaba.

Después de lo que me pareció una ETERNIDAD, Brianna captó el mensaje. Tomó el ramo de rosas y se dirigió hacia Victoria.

Llegó hasta donde estaba la diva, jaló el abrigo de Victoria y, cuando la mujer se giró, una enorme sonrisa se dibujó en su cara.

"¡Eh!", me susurró Chloe. "Nikki, ¡PATINA!".

Empecé a deslizarme por la pista. Al cabo de un segundo perdí el equilibrio y me caí de rodillas.

Brianna sonrió y le entregó las flores a Victoria.

"¡¿Son para mí?!", exclamó como si acabara de ganar otra medalla de oro.

En ese momento tropecé con el pie de Chloe, choqué con Zoey y me caí sobre mi trasero. Fue... ¡SURREALISTA!

Victoria estaba encantada con las rosas que Brianna le había entregado. Tomó un papel y un bolígrafo y le firmó un autógrafo.

Y como es exactamente igual de vanidosa que la famosa patinadora, Brianna insistió en firmarle a Victoria SU autógrafo.

Luego Brianna le dio a Victoria un fuerte abrazo. Por supuesto, las cámaras de televisión grabaron cada detalle de la tierna escena.

Parecía que todos aquellos abrazos, sonrisas y exclamaciones fueran a durar para SIEMPRE. O, al menos, el tiempo suficiente para que nosotras termináramos nuestro rutina.

Chloe, Zoey y yo nos quedamos en nuestra pose final, muy PROFESIONALES, y esperamos el veredicto.

Cuando finalmente Victoria nos miró, estaba radiante.

Con un brazo sujetaba el ramo y con el otro a Brianna. Sonrió y dijo...

Mientras Chloe, Zoey y yo nos recuperábamos de la sorpresa, Brianna nos vitoreaba. A todo volumen.

Porque, claro... ¿quiénes somos NOSOTRAS para llevarle la contraria a la gran y maravillosa Victoria Steel?

¿Y a su, mmm... fiel ayudante, Brianna?

Hasta ahora no he sido tan insensata como para explicarles a mamá y papá lo sucedido la tarde que estuve de niñera cuidando a Brianna.

Lo más increíble de todo es que he SOBREVIVIDO a TRES entrenamientos completos con Victoria Steel, ¡la REINA de las BRUJAS del patinaje artístico!

Ahora solo tengo que conseguir acabar la actuación mañana, y la Asociación Fuzzy Friends para la Adopción de Animales se salvará y Brandon no tendrá que marcharse.

NO quiero ni pensar en una posible humillación pública tras tropezar, resbalar y caerme mientras hacemos la rutina.

Estoy decidida a hacer todo lo necesario para que salga bien.

Además, TODAVÍA estoy preocupadísima porque tengo la certeza de que MacKenzie va a intentar hasta el último minuto dejarnos fuera del Festival sobre Hielo.

Aunque no me haya dirigido la palabra desde nuestro problemita en el baño de hace unos días, siempre que nos cruzamos se queda mirándome como una serpiente mira a un ratón.

¡Esa chica es DIABÓLICA!

Es capaz de hacer lo que sea a quien sea para lograr lo que quiere.

Cuando se acabe el Festival sobre Hielo va a ser un ¡AUTÉNTICO ALIVIO!

¡¡☹!!

¡Dios mío, Dios mío, Dios mío! ¡No puedo creer lo que ha pasado! Supongo que debería empezar por el principio...

El Festival sobre Hielo es famoso por sus fabulosos trajes. Este año, Victoria Steel consiguió que un conocido y galardonado productor de Hollywood nos prestara vestidos de su colección privada.

A las nueve en punto todo el mundo se reunió con el encargado del vestuario para las últimas pruebas.

Chloe, Zoey y yo patinábamos la clásica pieza del Hada de Azúcar de *El Cascanueces*.

Resulta que Chloe y Zoey se morían de ganas de llevar un vestido repleto de lentejuelas, como el de la heroína de *La Princesa de Hielo*.

Bueno, resultó que el deseo de mis mejores amigas se cumplió. Los vestidos de hada que Victoria escogió para nosotras eran ¡MARAVILLOSOS!

Casi me da un ataque cuando MacKenzie nos dijo que estábamos taaan guapas.

Dijo que le encantaban nuestros preciosos trajes y que eran sus favoritos.

Después de la prueba de vestuario pasamos la mañana en un spa. Nos hicieron la manicura y la pedicura. Y después fuimos al salón de belleza. Salimos peinadas y maquilladas.

¡Estoy hablando de GLAMOUR! Parecíamos las chicas de portada de una revista juvenil. Después comimos algo, y como eran ya las 2 de la tarde volvimos a la pista para vestirnos para la actuación de las 4.

Pensar que tendría que patinar delante de mil personas me ponía muy nerviosa, pero estaba decidida a completar mi ejercicio. Aunque se me fuera la vida en ello.

Los Fuzzy Friends tendrían el dinero que necesitaban y ¡Brandon podría quedarse en el Instituto WCD! ¡☺!

Pero, desgraciadamente, lo que había empezado como un gran día se torció en un segundo cuando nos dimos cuenta de que...

¡¡NUESTROS VESTIDOS DE HADA DE AZÚCAR HABÍAN DESAPARECIDO!! Y EN SU LUGAR HABÍA...

¡¿TRAJES DE PAYASO?!

Cuando comunicamos la situación al encargado del vestuario, él y su equipo se pasaron media hora buscando nuestros disfraces de hada.

Pero no aparecieron en ningún sitio.

Tenía la ligera sospecha de que MacKenzie tenía algo que ver con esta desaparición.

Estaba sonriendo con suficiencia y se reía discretamente de nuestros nuevos vestidos. Pero yo no tenía ninguna prueba.

Aparentemente, Victoria había pedido los disfraces de payaso pero al final había decidido no utilizarlos.

Los disfraces sobrantes habían sido recogidos por una agencia de transportistas para regresarlos a Nueva York. Pero EN ALGÚN MOMENTO nuestros vestidos habían sido intercambiados por los de payaso.

Esto significaba que nuestros preciosos disfraces de Hada de Azúcar ya estaban camino a Nueva York otra vez.

¡Estábamos hechas polvo! Chloe y Zoey estaban tan tristes que empezaron a llorar.

"¡Vamos, chicas!", dije. "No estén tristes. ¡AÚN podemos hacer nuestro número!".

"Tenía tantas ganas de convertirme en Princesa de Hielo", gimoteó Chloe.

"Y yo", sollozó Zoey.

"Pero ¿es que no se dan cuenta? Esto es algo más que vestirse bien. Hacemos esto por Fuzzy Friends".

"¡¿Se acuerdan?!", dije, intentando animarlas.

"Y sí, ya lo sé", continué. "Estos disfraces de payaso son terriblemente feos, y probablemente daremos miedo y pareceremos un poco locas. Y los chicos de la escuela se reirán de nosotras el resto del ciclo escolar, y es posible que nuestros padres pasen vergüenza. Pero miren el lado positivo...".

Chloe y Zoey me miraron expectantes. "¿Cuál es el lado positivo?", preguntaron a coro.

"Bueno... mmm... de hecho... Es... ¡Bueno! ¡Quizás NO HAY un lado POSITIVO! Pero ¡hay un montón de gente y de animalitos lindísimos que dependen de nosotras! ¿Qué creen que haría la Princesa de Hielo en nuestro lugar?".

De repente, Chloe se enjugó las lágrimas y se llevó las manos a las caderas: "Crystal lo vería como una oportunidad y mandaría estos trapos al cuerno. ¡Esto es lo que haría!".

"¡Y se pondría el vestido de payaso más feo del mundo si de esa forma salvara a la humanidad!", añadió Zoey.

Entonces esta bajó el tono de voz hasta casi susurrar: "El arte del payaso es más profundo de lo que creemos... Es el espejo CÓMICO de la tragedia, y el espejo TRÁGICO de la comedia, como dijo André Suarès".

¡AL FIN! Parecía que había conseguido convencer a mis BFF.

"¡Vamos, chicas!", dije. "¡¡HAGÁMOSLO!!".

Y entonces nos abrazamos las tres.

Era un poco extraño pasar de ser unas hermosas Hadas de Azúcar a transformarnos en una patética pandilla de payasos, pero mientras nos disfrazábamos intentamos mantener una actitud positiva.

A pesar de nuestros nuevos vestidos, decidimos mantener la música y el número de patinaje originales.

Especialmente porque nos habíamos pasado las dos últimas semanas ensayando.

Pronto vinieron mamá y Brianna al vestidor para desearnos suerte. Cuando Brianna vio nuestros vestidos de payaso se puso contenta.

"¿Saben qué? ¡Cuando sea mayor voy a patinar vestida de payaso estúpido y terrorífico como ustedes, chicas!", exclamó.

Creo que esto fue un cumplido, pero no estoy segura.

Brianna tomó mi celular, que estaba sobre la mesa del vestidor y se le iluminaron los ojos.

"No, Brianna. Te dije que NUNCA tocaras mi celular sin mi permiso. ¿Te acuerdas?".

"¡Porfa, porfa!", gimoteó Brianna. "Te prometo que no lo romperé." Luego escondió el teléfono detrás de su espalda para que yo no pudiera alcanzarlo.

"¡MAMÁ!", grité aún más fuerte que Brianna.

"¡Brianna Maxwell!", la regañó mamá. "Ya conoces las normas. El celular de tu hermana no se toca a no ser que ella dé permiso. ¡Dáselo!"

Brianna miró a mamá con sus ojitos de cachorro triste y luego hizo pucheros como si tuviera dos años. Pero al final me entregó el celular y yo se lo arranqué de las manos.

"¡La Señorita Penélope y yo pensamos que eres una TACAÑA!", dijo Brianna, y luego me sacó la lengua.

"Perfecto. ¡En ese caso LA SEÑORITA PENÉLOPE Y TÚ NO pueden jugar el juego de la Princesa de Azúcar en MI teléfono durante el resto de sus VIDAS! ¡Y PUNTO!".

Entonces les saqué la lengua a las dos.

"¡Bueno, chicas! ¡Ya es suficiente!", nos regañó mamá.

Volví a dejar el celular en la mesa.

Pero, cuando vi que Brianna me miraba como un halcón, lo puse dentro de esa bolsita tan linda que llevo en el bolso y lo guardé todo en la mochila con el resto de la ropa.

Justo cuando se iban mamá y Brianna, la asistente del director de escena anunció que el espectáculo empezaría en unos cuarenta minutos. Todos los patinadores debíamos presentarnos ante el director de escena en la entrada.

"¡Tengo que ir al baño!", gritó Brianna con fuerza. "¡Ahora!"

¡VAYA fastidio de niña!

Chloe les señaló a Brianna y a mamá la puerta del baño de los vestidores.

Entonces nos apuramos. Teníamos poco tiempo.

Cuando regresamos a nuestro vestidor para buscar los patines y empezar el calentamiento, vimos una nota en la puerta.

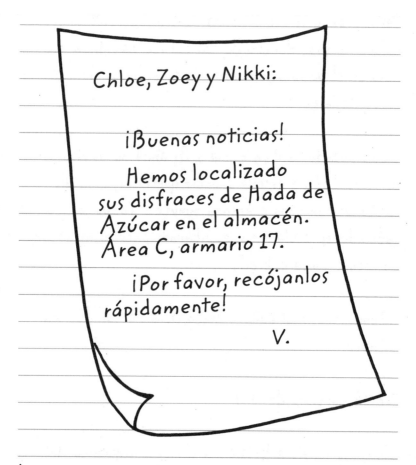

Chloe, Zoey y Nikki:

¡Buenas noticias!

Hemos localizado sus disfraces de Hada de Azúcar en el almacén. Área C, armario 17.

¡Por favor, recójanlos rápidamente!

V.

¡El encargado del vestuario había encontrado nuestros disfraces! Estábamos tan contentas que nos abrazamos las tres y nos pusimos a gritar.

"¡Cielos! ¡Finalmente los encontraron!", grité.

"¡Justo a tiempo!", exclamó Zoey.

"¡Podremos ser Princesas de Azúcar!", gritó Zoey.

"¡VAMOS A BUSCARLOS!", propuse a gritos mientras echaba a correr por el vestíbulo. "El espectáculo empezará en treinta minutos."

De repente, Chloe se paró en seco.

"Esperen. Tomaré mi celular para llamar a nuestras madres e informarles de que al final aparecieron los trajes de hada. Tendremos que quitarnos el maquillaje de payaso y maquillarnos como hadas, y no lo conseguiremos a tiempo sin su ayuda".

"¡Buena idea!", exclamamos a coro Zoey y yo.

El Área C estaba justo en la otra punta de la pista, al lado de los vestidores de hockey. Todos los entrenamientos habían sido cancelados a causa del espectáculo. De manera que los pasillos estaban extrañamente solitarios y oscuros.

"¿Es cosa mía o este lugar también les pone los pelos de punta?", preguntó Zoey nerviosa.

"Solo tenemos que recoger los trajes y salir volando", le contestó Chloe.

"Bueno. Miren, armario catorce, quince, dieciséis...", fui contando en voz alta. "... diecisiete. Es este, chicas."

La puerta se abría con un sencillo pasador exterior.

La abrimos y miramos dentro. Pero estaba aún más oscuro que el pasillo.

"No sean miedosas. Es solo un armario de vestuario", las animé después de que todas retrocediéramos un paso.

"¿Ven alguna luz?", preguntó Zoey. "Podemos usar mi celular para iluminarlo", sugirió Chloe.

Lo sostuvo bien arriba, en el centro del armario, y una tenue luz verdosa iluminó el interior.

"Perfecto. Mucho mejor", le agradecí la idea. "Bueno, veo palos de hockey, rodilleras y sudaderas. Pero ni rastro de los trajes de hada...".

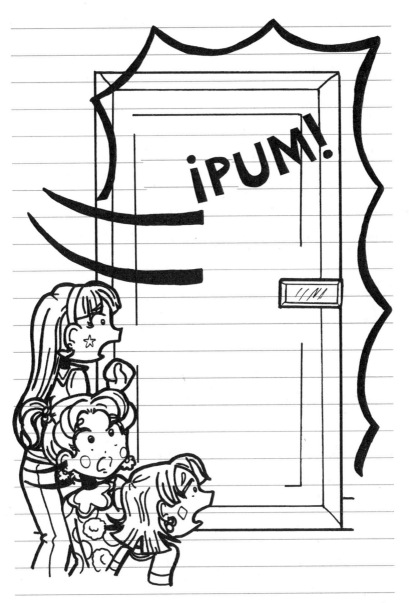

De pronto, la puerta se cerró de golpe con gran estruendo.
Y oímos cómo alguien echaba el pasador exterior.

Kla—chunk.

Nos llegó el eco de unos pies que se alejaban de ahí a toda velocidad. Un sonido cada vez más lejano.

Chloe, Zoey y yo nos miramos horrorizadas. Poco a poco íbamos entendiendo lo que había ocurrido. Entonces sufrimos un ataque de pánico y empezamos a golpear la puerta las tres a la vez.

"¡Que alguien nos ayude! ¡Estamos encerradas! ¡Sáquennos de aquí! ¡Por favor!", gritamos frenéticas.

Pero pronto comprendimos que quien nos había encerrado ahí no iba a ayudarnos a salir.

Nos habían engañado. Nuestros trajes de hada nunca estuvieron en ese armario.

Y lo único que podíamos hacer era comprobar cómo la luz verdosa del celular de Chloe iba haciéndose más y más tenue.

"Lo siento, chicas. Me queda poca batería en el celular.

Pero creo que puedo hacer tres o cuatro llamadas antes de que se apague. ¿Alguna sugerencia?".

Hubo un silencio de unos treinta segundos. Se podía oír el pulso de cada una de nosotras.

"Vamos a probar con nuestras mamás primero", sugirió Zoey.

"¡Buena idea!", coincidimos Chloe y yo.

Pero no lo fue. Los tres celulares tenían activado el buzón de voz. Eso significaba que los habían desconectado para que no sonaran durante el espectáculo.

Aun así, dejamos mensajes de voz en todos ellos.

La BUENA noticia era que, en el peor de los casos, nuestras madres escucharían el mensaje cuando acabara el espectáculo y vendrían a buscarnos.

Así que era solo cuestión de tiempo. Nos rescatarían.

La MALA noticia era que tendríamos que estar en

ese lúgubre y estrecho armario durante las horas que durara el espectáculo.

"Si tenemos suerte, podremos hacer otra llamada antes de que se acabe la batería", anunció Chloe mirando su celular.

"Yo llamaría a emergencias", sugirió Zoey.

"Sí, pero para cuando vengan a sacarnos ya nos habremos perdido el espectáculo", razonó Chloe.

"Tienes razón. Empezará en quince minutos", dije mirando mi reloj.

"Está bien. Además, sería humillante que vinieran tres autos de policía, dos camiones de bomberos y una ambulancia solo para abrir un triste pasador de un armario de vestuario. No lo superaríamos nunca", afirmó Zoey.

"Seguramente aún se acordarían de ello cuando nos graduáramos", continuó Chloe. "Prefiero esperar a que nuestras madres nos saquen de aquí cuando acabe el espectáculo".

Me resistía a creer que todos nuestros esfuerzos solo habían servido para acabar encerradas en un armario del vestuario de la pista de hielo. ¡Solo faltaban doce minutos para nuestra actuación!

Se me hizo un nudo inmenso en la garganta al pensar en Brandon. Ahora tendría que cambiar de casa y alejarse de sus amigos del WCD.

Lo lamentaba mucho, pero me sentía impotente. Había sido un error intentar arreglarlo participando en el Festival sobre Hielo.

Si hubiera dejado que MacKenzie patinara para los Fuzzy Friends... Entonces la vida de Brandon no sufriría otro revés. Me dolía el alma solo de pensar en todo lo que había vivido.

Él había perdido a sus padres, mientras que yo daba por hecho que los míos siempre estarían ahí.

Dos lágrimas calientes se asomaron a mis ojos, pero pude retenerlas. Pude oír cómo Zoey y Chloe también empezaban a sollozar.

Brandon tendría que marcharse justo cuando empezábamos a conocernos.

Brianna se había comportado como una mocosa con él. Pero después había tenido aquel detalle tan lindo de los listones para las mascotas.

Y... fue entonces cuando se encendió una lucecita en mi cabeza.

¡BRIANNA LA MOCOSA!

Sí, mi hermanita pesada, que era siempre mi mayor dolor de cabeza.

"Zoey, tengo una idea. Llama a mi celular. Rápido. Antes de que se agote la batería", pedí nerviosa.

"¿Qué? ¿Para qué? Lo dejaste en el vestidor, y todo el mundo ya salió de ahí hace treinta minutos".

"Lo sé. Llama, por favor. No hay tiempo. El espectáculo empieza en diez minutos".

Chloe y Zoey me miraron como si estuviera loca.

Al final, Chloe accedió, llamó a mi número y activó el altavoz para que todas pudiéramos oírlo.

Sonó una vez. Dos veces. Y tres veces.

Lo había configurado para que el buzón de voz entrara tras el cuarto timbre.

"¡Contesta, por favor! ¡Contesta, por favor!", supliqué.

Sonó el cuarto timbre. Entonces...
"¡Hola! ¿Quién es?", dijo una vocecita aguda.

Chloe y Zoey se pusieron a gritar histéricas.

¡DIOS MÍO! ¡BRIANNA! ¿Tienes mi celular? ¡Vaya susto!

"Lo siento, pero no soy yo", continuó Brianna. "Ahora mismo no estoy en casa porque estoy esperando a que Nikki patine. Por favor, deja tu mensaje. ¡Adiós!".

"¡NOOO! ¡¡No cuelgues!!", gritamos todas desesperadas.

"Por favor, Brianna. ¡Escúchame! ¡No cuelgues!", le rogué. "Solo te llamé para decirte que..., bueno..., puedes jugar el juego de la Princesa de Azúcar en mi celular mientras estemos patinando. ¿De acuerdo?".

Silencio. "¿De verdad?".

"¡De verdad!".

"¡Súper! ¿Puede jugar también la Señorita Penélope? Le advertí que no agarrara a escondidas tu teléfono para jugar al juego de la Princesa de Azúcar, pero lo hizo igualmente. Fue culpa SUYA. Pero ¡lo siente mucho!".

"Claro. La Señorita Penélope también puede jugar".

"¡Bueno! ¡Gracias y ADIÓS!".

"¡ESPERA!", grité. "¡Necesito hablar con papá o con mamá! Es una emergencia".

"Papá fue a comprarme palomitas y mamá está conversando con esa señora de la clase de ballet con la boca tan grande. No debería interrumpir de nuevo a mamá, o me morderá. Pero adivina a quién estoy viendo. ¡Es BRANDON, EL QUE TIENE PIOJOS! ¡Hola, Brandon, chico de los piojos! Soy yo, un día hablamos por teléfono, ¿recuerdas? Nikki estaba tomando un baño y había una ardilla muerta en el jardín de la señora Wallabanger".

Susurro de voces.

NO podía creer que Brianna estuviera ventilando nuestros asuntos de ese modo.

"¡Brianna! ¡BRIANNA!", grité.

"¡¿QUÉÉÉÉÉÉ?!", contestó ella con un bufido.

"¿Puedes darle el teléfono a Brandon, el chico de los piojos? Necesito hablar con él. ¿Sí?", dije yo.

"Bueno, pero solo un momento. Se supone que este teléfono es para que yo juegue a la Princesa de Azúcar. No cuelgues".

Más murmullos.

"¡Hola, Nikki!".

"¡Brandon! ¡Qué alegría hablar contigo! Estamos encerradas en un armario en la pista. Zona de almacenes, Área C, armario 17. El teléfono de Chloe está a punto de morir. ¡Ven a liberarnos, por favor!".

"¡¿CÓMO?! ¿Dónde dices que están?".

"Estamos encerradas en...".

En ese preciso instante se acabó la batería del teléfono de Chloe.

Las tres nos quedamos sentadas en la oscuridad, aturdidas y sin palabras.

No teníamos ni idea de si Brandon había oído o no

los detalles de nuestro encierro. Pero justo cuando
estábamos a punto de perder la esperanza...

El espectáculo iba a empezar en cuatro minutos.

Corrimos hacia el camerino y tomamos nuestros patines. También las pelucas de payaso. Brianna nos pisaba los talones.

Sus ojos se iluminaron cuando vio la gran y colorida caja envuelta para regalo. "Nikki, ¿este regalo es para mí?".

"No, Brianna, esta caja está vacía. Solo es utilería para la actuación de los payasos".

"¡Yo TAMBIÉN quiero ser un payaso!", dijo sollozando.

Chloe, Zoey y yo tuvimos la misma idea en el mismo momento.

Supongo que el dicho ese que asegura que las mentes brillantes piensan igual es cierto.

La pista estaba llena a rebosar, y la emoción se palpaba en el ambiente.

Muchas productoras de televisión locales estaban emitiendo el espectáculo en directo.

Victoria Steel, más glamorosa que nunca, saludó cariñosamente a la audiencia e invitó a los espectadores a hacer donaciones generosas para las organizaciones sociales representadas en el espectáculo.

Entonces hizo un anuncio sorpresa: "Para mostrar nuestro compromiso con la comunidad, además de los 3 000 dólares que reciba la organización ganadora, el Festival sobre Hielo va a premiar con 10 000 dólares más al favorito del público".

Al escucharlo, el público enloqueció, se puso de pie y la vitoreó.

¡El público también podía decidir!

Esto estaba convirtiéndose en algo parecido a Operación triunfo.

¡Sobre HIELO!

El gran premio en efectivo era fantástico. Y a los Fuzzy Friends les vendría genial.

Pero mi reto personal se limitaba a intentar acabar mi rutina y realizarla lo bastante bien como para merecer los 3 000 dólares.

Pronto se apagaron las luces y el espectáculo sobre hielo dio comienzo.

No me sorprendió lo más mínimo comprobar que MacKenzie había sido elegida para la primera actuación.

Patinó con la música de *El Lago de los Cisnes* y estuvo ¡¡IMPRESIONANTE!

Y, cuando terminó, el público la ovacionó durante varios minutos.

Por lo que pude ver, MacKenzie era una gran rival para el premio del favorito del público. Estaba claro que ella también lo sabía, porque se quedó posando y saludando a la audiencia...

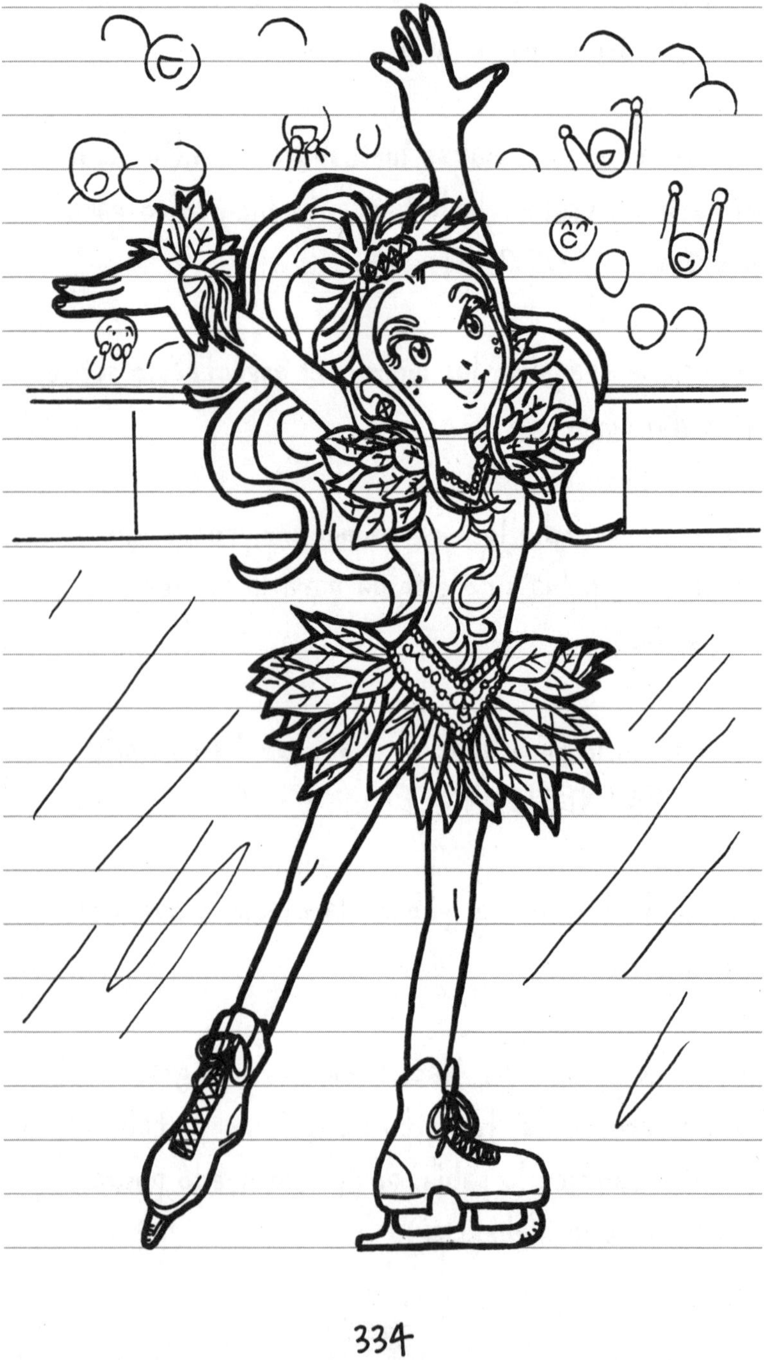

Cuando MacKenzie abandonó la pista, se llevó una gran sorpresa al vernos ya preparadas en la zona de vestidores.

Le dediqué una sonrisa y la saludé con la mano, pero ella se limitó a pasar de largo con la nariz apuntando al techo.

"MacKenzie, eres una serpiente vil. Esto ha sido una gran DERROTA para ti. Desde luego, no puedes caer más bajo", le solté en la cara.

Ella se dio la vuelta y se burló de mí. "Lo dices como si hubiera hecho algo malo. En realidad, mi intención era hacerles un favor, y salvar a tus amiguitas y a ti de la humillación pública. Pero, si insistes, adelante, sal a la pista y haz el ridículo sin complejos. ¡PERDEDORAS!".

Cuando llegó nuestro turno para salir a patinar, yo estaba hecha un manojo de nervios.

Mis rodillas temblaban incluso ANTES de pisar la pista de hielo.

Aún no sé cómo, pero conseguí ponerme en la posición inicial sin caerme de narices.

Mientras esperábamos a que empezara la música, Zoey nos regaló una gran sonrisa a Chloe y a mí.

Luego nos susurró muy flojito: "Todos los seres humanos somos payasos, pero son muy pocas las personas que tienen el coraje de demostrarlo. Charlie Rivel".

Yo sonreí. "¡Gracias, Zoey!".

¡MADRE MÍA! Las mariposas de mi panza estaban revoloteando tanto que pensé que iba a vomitar la comida sobre el hielo frente a todo el público.

Entonces Zoey susurró todavía más bajito: "Un payaso es un ángel con una nariz roja. J.T. 'Bubba' Sikes".

Tenía ganas de gritar: "¡BAAAAAS-TA! Ya es suficiente, Zoey. La primera estuvo bien, pero ¡esta PAYASOLOGÍA está empezando a alterarme los nervios!".

Pero solo lo dije en el interior de mi cabeza, así que nadie pudo oírme.

Sé que solo pretendía hacerme sentir mejor.

En realidad, tengo suerte de tener una BFF como ella.

Cuando la música empezó a sonar a través de los altavoces, Chloe y Zoey se deslizaron por el hielo como gráciles mariposas.

Bueno. Como gráciles mariposas vestidas con estúpidos trajes de payaso.

Se supone que yo tenía que ir hacia la derecha, pero fui a la izquierda.

¿O tenía que ir a la izquierda y fui a la derecha?

De todos modos, tropecé, me caí sobre mi trasero y me deslicé por el hielo a 120 km/h, como un trineo humano.

Entonces, ¡BAM! Me estampé contra el gran regalo de utilería que estábamos usando.

Chloe y Zoey se quedaron atónitas y dejaron de patinar.

Me sentí tan mal por echar a perder nuestro número que tenía ganas de llorar. ¡MacKenzie tenía razón! No hacíamos más que el ridículo.

Esperaba escuchar a Victoria gritar

"¡SEGURIDAD, saquen a estas PAYASAS de mi pista de hielo!".

Y después de que nos hubieran echado del espectáculo, los Fuzzy Friends tendrían que cerrar y Brandon tendría que irse.

¡Probablemente no volvería a verlo nunca más! ¡☹!

Así que me quedé sentada y aturdida, demasiado agotada para pararme.

Pero entonces me di cuenta de algo asombroso.

El público entero estaba MURIÉNDOSE DE RISA.

Y todos los niños estaban de pie, señalando y aplaudiendo.

Por lo visto, pensaban que mi patinaje con el trasero a través del hielo y el hecho de que casi me rompo la crisma formaban parte de la actuación, o algo así.

Entonces me di cuenta de que llevábamos disfraces de payaso.

¡SÍ!

¡Y se supone que los payasos son graciosos!

¡SÍ!

Y todo el tiempo están cayéndose al suelo y chocando entre ellos.

¡SÍ!

Chloe y Zoey también vieron la reacción del público y sacaron la misma conclusión que yo.

¡Parecía que el público NOS ADORABA!

¡Es decir, NOS ADORABA DE VERDAD!

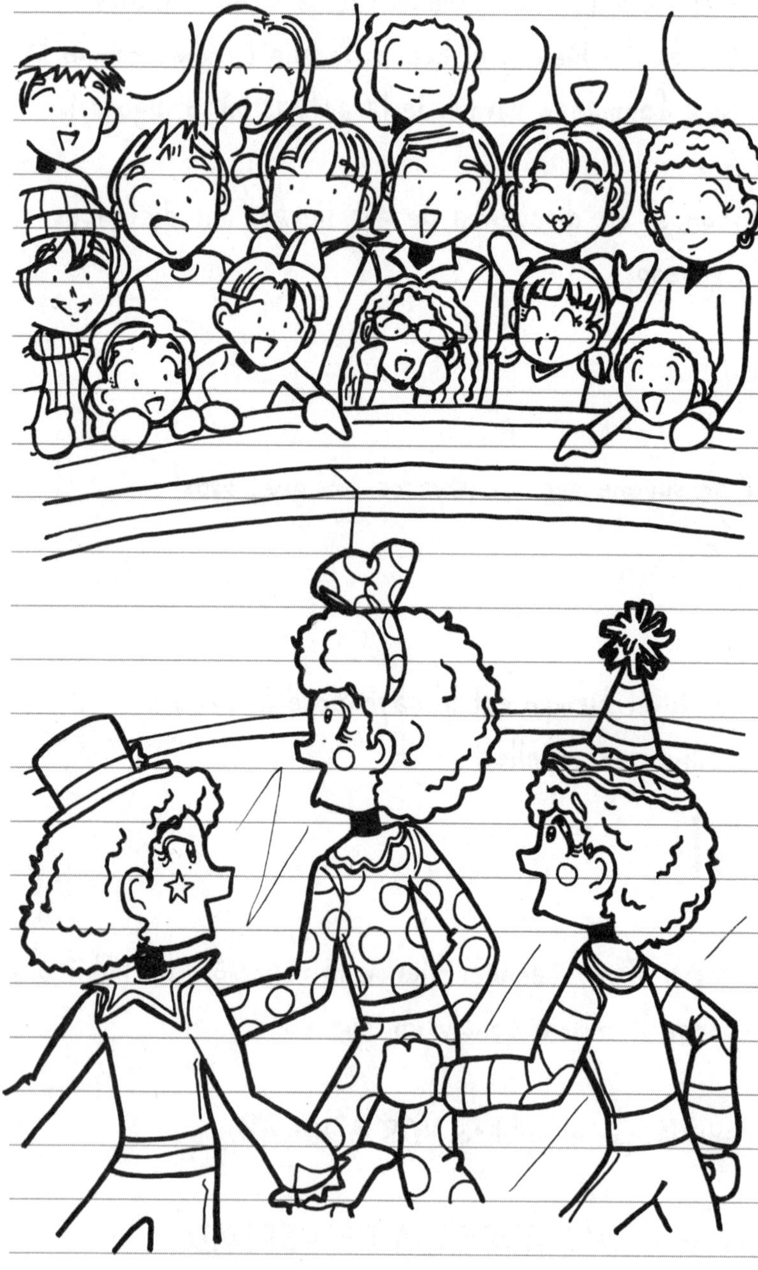

A partir de ese momento nos dejamos llevar por la música que sonaba.

El público ENLOQUECIÓ cuando empezamos a realizar los pasos funky de nuestro Ballet de los Zombis. ¡Supongo que es porque probablemente nadie había visto antes PAYASOS ZOMBIS bailando como Michael Jackson en patines sobre hielo!

¡Incluso me atreví con un par de pasos de baile fabulosos que Brianna y yo habíamos ensayado en la hamburguesería!

Me sentía tan feliz y relajada que, de repente, patinar me parecía de lo más fácil.

Parecía como si lo hubiera hecho toda la vida.

¡POR FIN!

Lo más extraño fue que no volví a caerme por accidente, ni UNA sola vez, en los dos minutos y medio que quedaban de nuestro número.

¡Solamente me caí INTENCIONALMENTE!

Para hacer reír al público.

¡Claro! ¡Soy un payaso!

¡Ese es mi trabajo!

Cuando la música acabó, yo quería seguir patinando.

Había sido lo más divertido que Chloe, Zoey y yo hemos hecho jamás.

Pero ¡la cosa no acaba aquí!

La gente se llevó una última sorpresa cuando un pequeño payaso salió de la caja de regalo como si fuera un muñeco de esos que salen de una cajita de sorpresa...

...

¡¡¡BRIANNA!!!
...

Supongo que pensarán que estropeó el espectáculo...

CHLOE, ZOEY, BRIANNA Y YO
EN UNA POSE DE PAYASO SUPERLINDA.

Nos quedamos clavadas en la última postura ¡¡y el público ENLOQUECIÓ!! Todo el mundo se puso de pie.

Cuando abandonamos la pista estábamos MUY felices. Nos dimos un fuerte abrazo de grupo con Brianna y la Señorita Penélope.

No pensaba que el día pudiera acabar bien, pero sucedió el milagro. ¡Adivina quién ganó el cheque de 10 000 dólares del favorito del público!

PAGAR A: ⌇⌇⌇⌇⌇ | $10 000
DIEZ MIL DÓLARES

Mientras posábamos para la sesión de fotos, notaba que MacKenzie no dejaba de mirarme.

Tenía ganas de ir a verla y soltarle: "Eh, ¿qué te PASA? ¿Te volviste LOCA, amiga? ¿Es eso? ¿Estás LOCA?".

Pero no lo hice. Porque intentaba parecer simpática y repleta de espíritu deportivo.

A pesar de que sabía que ELLA era la mayor BOICOTEADORA del planeta.

Era increíble que hubiera desaparecido nuestros trajes y que, ADEMÁS, nos hubiera dejado encerradas.

Pero su pequeño y malvado plan se había vuelto EN SU CONTRA.

Los PAYASOS que resbalan y se caen les gustan a todos porque son DIVERTIDOS.

Las aburridas Hadas de Azúcar que hacen siempre lo mismo... no gustan tanto.

En cuanto salí de la pista vi a Brandon. Estaba TAN feliz...

Casi me MUERO cuando me entregó un precioso ramo de flores.

"¡Felicidades, Nikki!", dijo Brandon.

"Gracias, Brandon. Estuvo increíble, ¿verdad?".

"Sabía que habían tenido un problema con los trajes, pero estaba convencido de que todo les saldría de perlas. Triunfaron sobre el hielo".

"Bueno, valió la pena. Me siento feliz de pensar que podremos ayudar a mantener abierto Fuzzy Friends. Ahora tu abu..., quiero decir, Betty, podrá seguir cuidando de los animales", dije mientras forzaba una sonrisa grande y tierna.

En mi interior, quería darme una patada a mí misma por haber estado a punto de decir que Betty era la abuela de Brandon.

Es extraño, porque cuanto más lo conozco más PREGUNTAS me hago sobre quién es en verdad. Pero lo ÚLTIMO que necesita ahora es una chismosa husmeando en sus asuntos personales o investigando su vida a sus espaldas.

Yo sé lo que es eso. Lo he vivido con la señorita Brillodelabios MacKenzie, y es una auténtica TORTURA.

Así que, por el momento, me conformo con lo que sé de Brandon. Que es un GRAN amigo y que siempre está ahí cuando se le necesita. También me alegro de haber podido estar ahí para él.

Me acerqué el ramo de flores a la nariz y hundí la cara en él.

Respiré su aroma dulce y romántico, y pensé que olía como los perfumes de..., mmm..., rosas.

"Muchas gracias por tu ayuda, Nikki. Eres MARAVILLOSA", dijo Brandon.

Me puse roja como un tomate.

Entonces me abrazó.

¡Cielos! Pensé que se me salía la pipí.

¡BRANDON, ÉL, ME HA ABRAZADO!
¡YUPPPPIIIIII!

Aunque ahora estoy todavía más CONFUNDIDA.

Porque no sé si se trataba de...

un abrazo del tipo "Tú eres mi amiga".

O uno del tipo "Tú eres una GRAN amiga".

O uno del tipo "Tú eres MÁS que una gran amiga".

O uno del tipo "Tú eres MI CHICA".

Me hubiera gustado preguntárselo.

Pero no puedo.

Porque, si lo hiciera, él descubriría...

¡que necesito SABERLO!

Y si él descubriera eso, me pondría histérica.

Sé que suena muy disparatado...

Lo es.

Lo siento. No puedo evitarlo.

¡SOY UNA BOBA!

¡¡☺!!

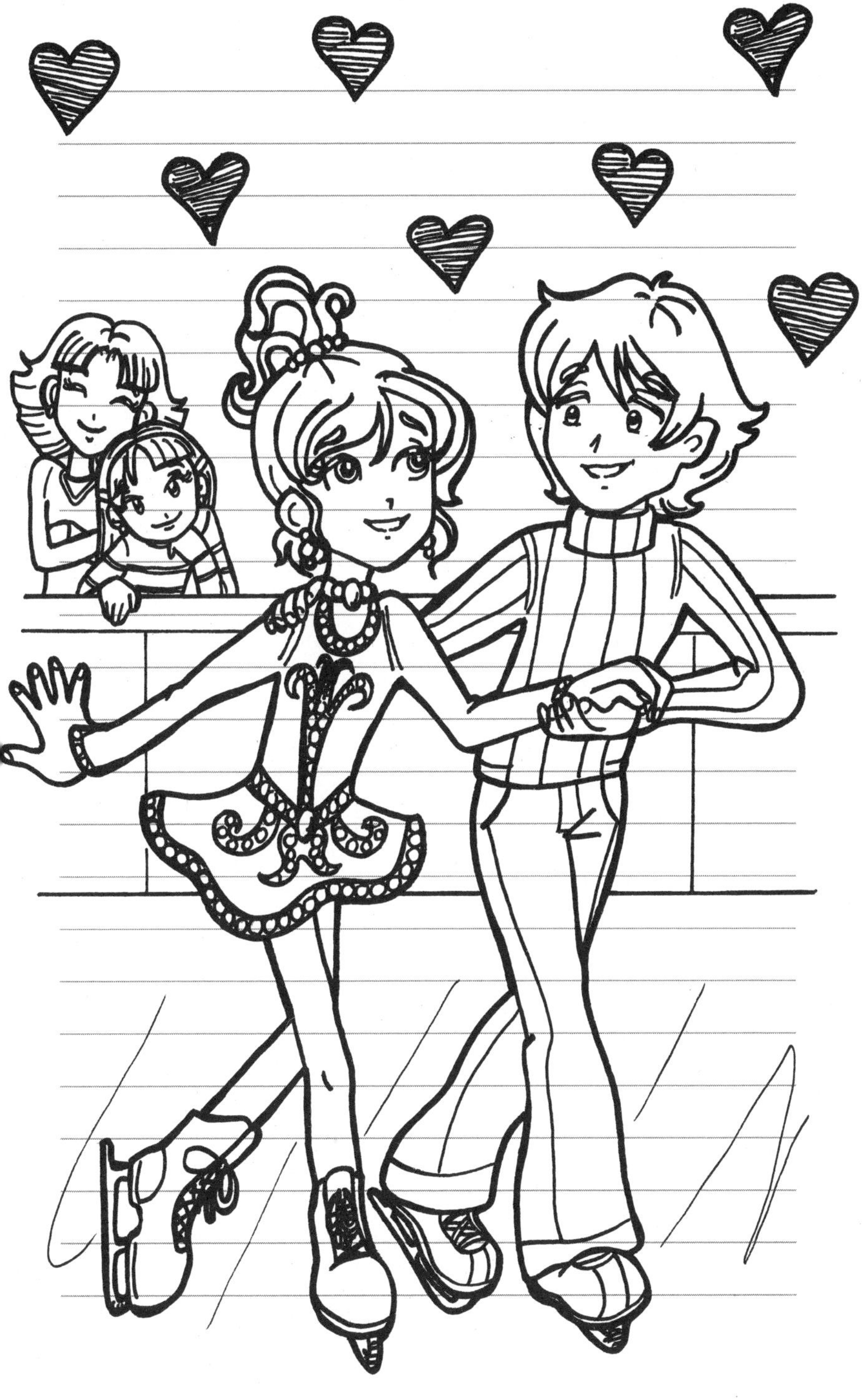

AGRADECIMIENTOS

A todos los seguidores de los Diarios de Nikki, de veras les agradezco que esta serie les guste tanto como a mí. ¡Ufff! ¿Ya vamos por el cuarto libro? ¡Dejen siempre que su parte interior más boba salga a la luz sin complejos!

A Liesa Abrams, mi fantástica editora, que por alguna misteriosa razón parece conocer a Nikki Maxwell mejor que yo misma. Gracias por esas incontables y maravillosas horas que compartimos trabajando en estos libros. Y es verdad, todo ha sucedido tal como lo predijiste. ¡Bruja!

A Lisa Vega, mi superdirectora de arte, que nunca deja de sorprenderme cuando va y pone un simple pegote amarillo y dos colores más en la portada, y los ejemplares prácticamente vuelan de las estanterías.

A Mara Anastas, Bethany Buck, Paul Crichton, Carolyn Swerdloff, Matt Pantoliano, Katherine Devendorf y el resto de mi formidable equipo de Aladdin/Simon & Schuster, gracias por haberse volcado con su trabajo en esta serie.

A Daniel Lazar, mi maravilloso agente en Writers House, gracias por estar ahí, en cada paso del camino. No pude haber escogido mejor "compañero de fatigas". Y gracias especiales también a Stephen Barr, por ser siempre capaz de hacerme sonreír.

A Maja Nikolie, Cecilia de la Campa y Angharad Kowal, mis agentes internacionales de Writers House, gracias por hacer que los Diarios de Nikki sean conocidos mundialmente.

A Nikki Russell, mi hija y talentosa asistente artística, no sé cómo darte las gracias por todo lo que haces. Es una bendición poder compartir contigo este sueño.

A mis sobrinos Sydney James, Cori James, Presley James, Arianna Robinson y Mikayla Robinson, por ser unos críticos tan brutales como deseosos de ganarse una pizza con doble ración de queso y de salsa.

Rachel Renée Russell es una abogada que prefiere escribir libros para adolescentes antes que textos legales. (Más que nada porque los libros son mucho más divertidos y en los juzgados no se permite estar en pijama ni con pantuflas de conejitos.)

Crio a dos hijas y vivió para contarlo. Entre sus hobbies destacan el cultivo de violetas y la realización de manualidades totalmente inútiles (como, por ejemplo, un microondas construido con palitos de paleta, pegamento y diamantina). Rachel vive en el norte de Virginia con Yorkie, su mascota malcriada, que todos los días la aterroriza trepando a lo alto del mueble de la computadora y tirándole animales de peluche cuando está escribiendo.

Y, sí, Rachel se considera a sí misma una boba total.

OTRAS OBRAS DE
Rachel Renée Russell

Diario de una Dork 8:
Érase una vez una princesa algo desafortunada

Diario de una Dork 9:
Una reina del drama con muchos humos

Diario de una Dork 10:
Una cuidadora de perros con mala suerte

Diario de una Dork 11:
Mejores enemigas para siempre

Diario de una Dork 12:
Un flechazo de lo más catastrófico

Diario de una Dork 13:
Un cumpleaños no muy feliz

Diario de una Dork 14:
Una amistad peor, imposible